於是

林韋地散文集

自序
於是，關於台灣，我想說的是

繞了大半圈的地球，在一個英文為主要語言的社會裡工作和生活，每當感到茫然或無所適從時，閱讀一本中文的書或書寫中文，便能讓自己的心平靜下來。

從小時候去台灣生活開始，我在群體裡便總是少數，雖然沒有刻意要與眾不同，但在台灣念過小學這回事總讓我覺得自己是有那麼一點特別，那變成很貼近心靈深處的一部份，好像要對自己夠熟悉的人才會知道。離開台灣之後的十多年裡，每天還是會上網看聯合報和自由時報、關心中華職棒和SBL的戰況、聽台灣的流行音樂、讀台灣出版的書、看台灣的電影和電視節目。

但我終究不是一個台灣人，現實艱難，回去台灣定居也成為一個遙不可及的夢想。

感謝秀威出版社和劉璞編輯的鼓勵，讓我的文字有在台灣出版的機會。
感謝我在台灣的朋友們。
感謝我那留學台灣和在台灣工作大半輩子的父母。

林韋地

目次

作文課

還是會常常想起小學時，天空還留有微弱的光芒，路燈卻已經開了，我穿過一片黃光下的巷子，去上作文課的日子。

「寫作文很簡單，就像吃飯一樣……」何老師在課堂上講解著，有的人因為早上上課很累，尤其是中學生，就在教室趴在桌子上或靠著牆壁睡著了，何老師也不生氣，也不叫醒他們，就讓他們休息。「現在拿出作文簿，今天的題目是……」何老師講解完了以後，就會要我們寫一篇作文，至少要寫兩面半，大約六百字，寫完才能回家。我構思了一下，就提筆在簿子上沙沙地寫著。我相信慢工出細活的真理，最後幾個才交上去，還得幫忙排椅子。

回家前，老師會把上一次所寫的作文還給我們，一拿到手我都會迫不及待地打開來看老師給什麼評語，如果寫得好，老師還會在旁邊蓋上「佳作請投稿」的印章。走出作文補習班，天已經黑了，我穿過一片黃光下的巷子，踏著

輕鬆的腳步，回家去。

到家裡，媽就拿我的作文簿來看，看完了就會和我討論，說出她的感想和建議，這時通常也很晚了，九點、十點左右，我才得以享受一下難得的週末。媽媽把我的作文簿都收藏得很好，有時我也會拿出我從前的作文簿來看，看自己的成長，感受一下被記錄的文字包圍的感覺。

這是其中一篇我小學時寫的作文：

如果我家住在玉山上

如果我家住在玉山上，我只要拿個降落傘就能飛到臺北市，不但上學不會遲到，而且早自修也寫得完，就不會被老師請吃「竹筍炒肉絲」，手也不會紅腫了。

如果我家住在玉山上，我嘴饞時只需用手抓一把「雲」，再加上好吃的紅豆，香濃的牛奶和可口的果汁，就成了現成的刨冰，這種人間美食，真是「不吃不可」。

如果我家住在玉山上，我可以天天做冰雕，每天勤加練習，等到技術成熟，就可以參加比賽，拿到獎金和獎品，還有一座金光閃閃，令人羨慕不已的獎盃。

如果我家住在玉山上，我可以鳥瞰台灣全景，把台灣看得一清二楚，房子就像豆腐，車子就像螞蟻，河流就像一條銀絲帶，銀光閃閃，真是漂亮。

如果我家住在玉山上，我可以鍛練身體。夏天接受颱風的挑戰，冬天迎接寒流的考驗。

住在玉山上，是一件驚險的事情。如果是你，你願意冒險試試嗎？

小學畢業以後，因為父母親決定回馬來西亞工作，所以我也回到了檳城。

在台灣時大家都說我是馬來西亞人，回到檳城以後，我卻變成台灣人了。

我開始成為與眾不同的少數，因為孤獨寂寞找不到人說話所以開始寫作，寫的是我對臺北的想念。

藍雨

一

我從床上坐起身來，外面的天空還是如此黑暗，遙望桌上的時鐘，五點半，一個對我而言似乎是太早的時間，可是我卻沒有任何的睡意了，剛剛的夢一直在腦海中迴繞著。

我走到浴室裡，打開水龍頭，把水從頭上淋了下去，企圖讓自己的思緒清醒一點，可是反而驚覺原來身上有太多的汗被自來水沖刷掉。「怎麼會這樣？」我喃喃自語。

洗刷完畢，換上校服，心卻沒有預期中的涼爽，一股悶熱蘊藏著，額頭上還有些許的汗珠滴落下來。清晨的風是那麼地強而冷，拍打在沾滿汗水的白色

校服，我走出門就感受得到，卻沒有得到一絲絲應有的寒意。「好熱！」我的心告訴我。

坐在巴士上，我看著窗外的景色，在黑暗中快速地向後流逝。我努力地想要記起那一直容易叫人遺忘，卻在黑夜的夢境中存在的幻覺：在巴士上很意外地遇到她，下了車，就坐在我每天等巴士的巴士站講話，沒有多久，一架好像是星際大戰裡的戰機追逐著我，我叫她先走，自己奮力地向寄宿的叔叔家跑去。

想著，想著，我不禁笑了出來，時下賣座的電影和她有什麼關係？夢總是充斥著矛盾和荒謬，可是夢中的她長得實在是太像了，簡直一模一樣，尤其是她的眼神，一種讓人無法忘懷的目光，記憶中，她都是這樣看我的。

「藍雨……」我一次又一次默讀這個熟悉的名字，一個我喜歡了四年，分開了兩年，想念了很久的女孩子。

雖然我不願意承認，但事實上，那個夢佔據了我絕大部分我思緒，使我上課時有點像是在發白日夢，為了避免被老師叫起來罰站，只好一直低著頭假裝看課本，手卻不由自主地在課本上寫著「藍雨藍雨……」，結果十堂課就這樣

過去了。

回到叔叔家裡，把自己鎖在房間裡面，想著今天上課的情形，仍覺得有點懊惱，十堂課被罰站三堂，如果每堂課都被叫起來問話，恐怕十堂課都得罰站。不知道為什麼，她的影子一直在我腦海徘徊不去，我很想很想再見她一面，再聽到她的聲音，整天，就只是這個欲望充斥著我的思緒，我甚至可以什麼都不在乎了，就只是要和她說說話而已。

「當初應該約她出來的……」我竟然開始後悔。直到現在才發現，和她說話時，竟會是我覺得真正快樂的時候，除此之外，很少時候的我是可以用「高興」兩個字來形容的。

我從書櫃裡拿出一份資料夾，從資料夾裡取出一張保存很好沒有任何皺摺的紙，左上角是「六年一班班級通訊錄」九個大字，挺大的，右上角有「資料勿外流」五個小字，從那五個小字看下去兩行是「21藍雨」，後面是有點陌生而又似曾相識的號碼。在臺北，我不常撥這組號碼，那時覺得打電話和她聊天

有點怪怪的，但是即使在學校我也不常和她在一起聊天，她好像一直都是有意無意地在躲我。

我沒有撥那一組電話號碼，因為我半年前就撥過了，太約將近十次，話筒的另一端卻只是傳來「嘟……嘟……」的響聲，後來才知道她搬家了，因為彼此都換了一個環境，那薄弱的聯繫就從此斷了。

再下一行寫著「22瑋」，印象中瑋「好像」和她走得比較近，是比較要好的朋友。這時我才驚覺自己實在是很差勁，喜歡一個人喜歡到連她的好朋友是誰都不能確定。不過仔細想想，或許在她的眼中，我好像一直都很差勁的。

我撥了瑋的電話號碼，隨著話筒的另一端傳來的響聲，我的心臟莫名地加快了跳動的速度。

「喂？」是一個男生的聲音。

「我找瑋。」我的心跳並沒有慢下來。

「稍等。」

「喂？」

這個聲音有一點陌生，卻依稀聽得出臉部的輪廓。其實我對瑋也沒有什麼

很深刻的印象，只記得摸過她的臉，那時我情不自禁地去摸藍雨的臉，被她看到了，大叫：「林韋地好色！」，我就故意跑去摸她的臉。

「喂？瑋，是我。」

「你是誰？」她想了一下，不解地問。

「我是林韋地。」

「喔。咦？你回到台灣了？」

「沒有，我現在在四千公里外和你講話。」

她笑了一下，又恢復她專屬的冷淡語氣。「找我幹嘛？」

「藍雨搬家了妳知不知道？」

「知道啊。」

「那……妳有沒有她的電話？」

「沒有。」

我大大地鬆了一口氣，有點失望，有點訝異，瑋也不知道她的電話。

「那……妳可不可以幫我要？」

「可以啊！」

「那……多謝妳，我明晚再打給妳，再見。」

「再見。」

我掛掉電話，靠在椅背上靜靜地思考。為什麼在我快要知道藍雨的電話時，我會那麼緊張？又為什麼當我聽到瑋沒有她的電話時，我會大大地鬆了一口氣，難道我不想知道她的電話嗎？我搖了搖頭。

我很期待但又很害怕，很恐懼，她的語氣會很冷淡，她不再理會我了，或者她不再是我喜歡的藍雨。

回到房間，躺在床上，我望著窗外深藍色的天空。「或許今晚會再夢到她吧！」此刻，我只是期待明晚的到來。

天空是藍色，我的心也是藍色。

二

我拿起話筒，撥了我昨晚打過的號碼。心跳隨著響聲而加速，就像昨晚一樣。

「喂？」這次是瑋冷淡的聲音。

「喂？是我。怎樣？」

「什麼怎樣？」

「問到了電話沒有？」

「她不肯給。」

我愣住了，彷彿全身的分子不再震動，時鍾上的秒針也在一瞬間停止。

「喂？林韋地，你還在嗎？」

「嗯，她不肯給？」

「對。」

「為什麼？」

「我怎麼知道？」

「連妳也不肯給？」

「婷向她要，她不肯給。」

「那妳自己本身有沒有向她要？」

「可是婷向她要，她不肯給。」瑋這句顯得語無倫次的話告訴我她沒有幫我要。

「算了，」我沒有很介意，「給我妳的地址，我寫信給妳。」

「這……」她似乎有點猶豫。

「怎麼？是很困難的事情嗎？」我笑著問。

「不會啊！不會很困難……」她笑了出來，「我的地址是臺北市……」

「多謝妳，再見。」我抄下了地址，夾進資料夾裡。

「林韋地，等一下！」有點意外她會叫住我。

「什麼事？」

「你找藍雨幹嘛？」

「……」我沒有回答她的問題，因為我也不知道真正的答案。

「妳想想看我找妳幹嘛？」我故弄玄虛地問。

「奇怪！我怎樣知道你找我幹嘛？」她好像有一點生氣。

「我也不知道。再見！」

我不願再去猜測，再去思考有關她的事情，這對我來說彷彿一下子變得困難，大腦好像一下子失去了作用。

下午的圖書館給人一種很寧靜的感覺，除了有老師開教務會議或有團體開會時顯得吵雜外，對用功的學生來說，這是一個不錯的環境。

我坐在隱僻的角落，幾乎沒有人發現我的存在。桌上有剛買的信封，郵票和兩張寫滿密密麻麻字的紙。

「人總是到需要的時候才開始緊張學習。」我也是這樣，到想念人家的時候才來學怎樣寄信。回想剛剛的情景，實在是很好笑，笨笨地在郵局和書店之間來回跑了好幾趟，用不大流利的馬來話和郵局的公務員溝通了好久才湊到需要的東西，仔細算算，卻只不過是一張航空專用的信封和幾張郵票而已。

在圖書館，花了一個小時寫完給她和給瑋的信，不知道是不是大腦還沒有恢復思考能力的緣故，撕了多少次的紙，重寫了多少次，卻始終寫不出一封及

格的信，很可悲，作文一直拿高分的我連寫一封信給她都不能。

最後我不在乎那麼多了，把給瑋的信塞進航空信封裡，給她的信放在另一個信封，封好，然後放進給瑋的信封裡，請瑋轉交給她。

把信丟進郵筒裡，我的心情有些惆悵，拖著沉重的腳步回叔叔家，思念仍籠罩著我的心，不知如何驅散才好。

三

我下了巴士，沿著每天都走過的路回叔叔家。視線突然變得有些模糊，發現鏡片上多了幾滴水珠。我抬起頭，看著天空，一絲絲的水線掉落下來。

那一天也是這樣，下著毛毛雨。課後活動結束後，因為她和瑋都沒帶傘，我假裝說要去新學友書局，順路送她們回家。

我們三個人就這樣一起走著，她們在前面有說有笑地撐著我的傘，我在後面靜靜地淋雨。終於瑋要走另一條路回家了，她想到接下來只剩下我們的兩

個，覺得有一點不好意思，拉住瑋的手說：「陪我回家。」

瑋笑笑地說：「再見。」就自己走了。我在心裡暗自感激瑋，和她同撐一把傘，繼續緩慢地走著，彼此都沒有說話。

「妳家離學校好像很近？」我用這個很老土而不相關的話題劃破沉默。

「嗯。」她輕輕地回答一聲。

「大概只有十步而已吧？」

「大概吧。」

又恢復到之前的寧靜，彼此都沒有再說話，可是對我來說，能和她走在一起，已經很好了，足夠了。

到了她家，我一步一步地算。「真的只有十步而已！」走到學校後門，我回過來笑著說。她點點頭，笑了笑說，「再見。」就要進門去。

「等一下，藍雨……」我踏上前兩步。

「還有事嗎？」她轉過身來。

「我……」我走近一些，努力地想要把那四個字說出來，卻又說不出口。

「什麼事？」她問。

「新學友書局怎麼去？」我放棄了，問了個無謂的問題。

她指了指方向。

「那……沒事了，再見。」

「再見。」她轉身打開門，走了進去。

我仍站在那裡傻傻地看著她消失的背影。「我喜歡妳……」真心的話直到現在才說出來，彷彿太遲了，卻只能責怪自己沒有勇氣。

回想起來，那是我唯一一次和她單獨走在一起，時間是那麼地短暫，卻是那麼地美好，我多想和她再走在一起，可是當時我和她靠得多近，現在卻是遙不可及，已經算不清楚是多少步了。

「看著海洋，向著遠方，還是一望無際的憂傷。」想著，想著，不由自主地唱起王力宏的歌。

「我的心隨波搖搖晃晃，就不能回到有妳的時光。」雨越下越大，把我白色的制服染成透明。

「寫一封信，寄向何方，好多思念想要跟妳講。」我沒有加快腳步，仍慢

慢地走，就像歌聲一樣。

「瓶中信隨波漂漂蕩蕩，希望終點會在妳心上。」記得她一直說我的歌聲好難聽，大家也這樣講。

「希望，希望就在遠方，會有妳最溫柔的目光，指引我到妳的方向。」事實上，我唱歌的確很難聽，所以也不敢去參加歌唱比賽。

「希望，希望在妳心上，能看見黑暗中的光芒，穿越了憂傷，打開愛。」可是我還是常常在班上唱歌，製造了不少噪音。

我把最後一句歌詞改了，用盡全身的力氣，大聲地唱了出來：「告訴妳，藍雨，我是真的喜歡妳！」

雨水湍急地掉落下來，馬路上的車來來回回，除了我自己，沒有人聽見我在喊些什麼。

四

仍然像往常一樣去上課，兩年，就用這種略嫌無味的生活方式度過了。有時候，停下腳步，靜靜地思考：我放棄和我媽談心的機會，放棄和我爸在一起相處的時間，放棄我妹愉悅的笑容，到底是為了什麼？這學校的環境？一丁點兒知識的增長？還是半年後那張統考文憑？犧牲了那麼多，至今我卻連自己的目標是什麼都不知道。

不知道從什麼時候開始，我開始以羨慕的眼光看那些和父母住在一起的同學。回想從前在臺北的時候，好像都不曾真正地好好珍惜和家人在一起的時光，結果這成了我記憶中的遺憾。人，總是等到失去的時候，才會懂得珍惜。

「起立，敬禮。」班長的聲音打斷我的思緒。

「來，把作文簿發下去。」華文老師指了指桌上的簿子，然後轉過身去在黑板上寫下題目：一次意想不到的遭遇。「時間是兩堂課。」最後，她補充地說。

兩堂課，對我來說是一個太倉促的時間。時間，似乎都是倉促的，或許是我不懂得如何把握，一眨眼它就流逝了，我卻好想再擁有多一點點。

看著作文簿，我沒有仔細思考就下筆，想到什麼就寫什麼。我想起有一次和她一起去中正紀念堂，那時候她還留著長頭髮，我幫她和瑋還有宇拍了一張照，洗出來以後，偷偷拿了一張，成為唯一私人珍藏的照片，結果後來被幼小的表弟撕掉了，我氣得臉都紅了。想到這裡，也寫到這裡，我不禁笑了笑，在結尾寫上我修改過的夢，作為「一次意想不到的遭遇」。

劃上了句點，發覺那個欲望又在蠢蠢欲動。我閉上眼睛，暗自祈禱著：「神啊！再給我和她好好相處的機會，我已經學會珍惜了。」。

突然覺得有一點暈眩，眼前的景物在不停地轉動，我緊緊地抓住了桌子，使自己不至於倒下去。三年前也是這樣，當我從後面遠遠望著她的時候，突然覺得暈眩，眼前的景物在不停地轉動，就這樣倒了下去，後來還嘔了出來。我的身體莫名的虛弱，讓當時的我很恐懼，卻又不知道到底在怕些什麼。

終於捱到了下課，我一言不發地背起書包，走去訓導處。路上，大家看到我表情都有點訝異，不知道是因為我背了個書包，還是臉色太難看。

申請了早退，我走出校門口。

在同學都還在上課的時候，我像個廢人一樣，無力地躺在床上。竟然會在生病的時候再夢到的她，夢到和她說話，自己都沒有想到。是不是我的願望只能在夢裡實現？

醒來以後，發覺所有的一切都不存在，房間裡仍是空空洞洞的，只有我孤寂地躺在床上，夢沒有帶給我什麼，只是徒增傷感罷了。可是我開始喜歡睡覺了，因為它讓我有機會短暫地重溫一切。我努力地下了床，站起來，扶著牆壁走到書櫃前，拿出那本畢業紀念冊，再走回去，坐倒在床上。

翻開畢業紀念冊，尋找六年一班那一頁，想看看她的照片。首先是一張全班的合照，她站在中間，臉是那麼地潔白而靈秀，看起來很美，「我眼光不錯嘛！」我笑著說。我坐在前面，看起來很俗又有點白癡白癡的樣子，應該是不大像我本人。不過，連我自己都有點難以置信的是，這張照片竟然是我和她唯一的合照。後面還有她的四張生活照，每一張都拍得很像，拍得很美，我不知道已經看了多少次，現在再看，心仍有些悸動。

我凝望著照片中的她良久，闔上畢業紀念冊，昏沉沉地睡過去。

五

我排在隊伍裡，拖著緩慢的腳步去小講堂上地理課。即使身體狀況不大理想，但是如果可以的話，我還是會來學校上課，因為出來外面，走走，透透氣，比待在房間裡面睡悶覺好多了。這個習慣也帶給我不少困擾，因為別人會誤以為我是很用功的學生，生病還來學校，當我否認時，他們又會以為我謙虛，問題是，我一直是懶惰和自負的。

坐在小講堂裡，看見地理老師那略嫌肥胖的身軀搖搖晃晃地走了進來，手上拿著一根不算細的藤鞭。

「碰！」他用藤鞭大大地敲了桌子一下，說：「誰昨天沒有交地理作業的給我出來！」他生氣的樣子有點好笑，像一個長得和藹可親的人故意扮兇臉。

過了一陣子的沉默，沒有人出去，表示全班都交了。我抬起頭看著他，發現他在瞪著我，我想了想，不知道為什麼他要瞪著我，又再抬起頭看著他，他還是

在瞪著我，我再想了一下，才驚覺昨天因為早退，忘記把地理作業交上去。

我沒有拿昨天早退的事當作藉口，走了出去。

「轉過來！」他莊嚴地說。

曾經也像這樣，低著頭，滿懷羞愧地走出去。

「現在拿出作業和隔壁的同學交換檢查。」當顏老師在前面這樣說的時候，我在後面簡直慌亂了手腳，只差沒有跪下來向坐在旁邊的妮求饒不要告訴老師。

我從來就不是一個很用功的學生，應該說是很懶惰，不知道為什麼，坐在書桌前靜靜地把功課做完，對我來說似乎是一件很困難的事情。每天早上到學校要交作業的時候就說忘記帶來，一副迷迷糊糊的樣子，時間久了，就像一顆雪球越滾越大，最後太多功課欠交，沒有辦法挽回了，被老師發現，結果就是，宣告天下林韋地三個字是不做功課的學生的代名詞。其實很早以前我就預料到結果會是這樣，好像是很清醒，卻一直縱容自己繼續頹廢下去，失去了自製的能力，我是迷糊的。

站在前面，我成為了全班目光的焦點。這一刻，一個拿過模範生和當過班長的好學生的假面具被揭穿了，他竟然連做功課，一個學生應負的責任，都做不到。我偷偷望了她一眼，發現她看我的眼神變得有些鄙夷，或許她有被欺騙的感覺；老師很憤怒地罵我，打了我，或許她有被欺騙的感覺；全班同學或多或少有些排斥我，或許他們有被欺騙的感覺。

那天晚上，媽媽的身影一直陪伴著我直到半夜兩點，我看得出她內心有多難過，這已經不能用憤怒來形容了，她的兒子竟然需要她坐在身邊陪他做功課，她的兒子欺騙了她，多年來的信任毀於一旦，她有一種深深的無力感，總覺得她是一個很失敗的媽媽。我看著她憔悴的臉龐，在心裡痛責自己不該這樣，讓一個愛我的人這麼難過，承諾以後不再犯同樣的錯。

看似清醒，從此以後卻也沒有完全準時交作業，我是迷糊的。讓深愛自己的母親難過後，仍沒有改過，我是多賤。

「啪！」地理老師像是要提醒我什麼似的，用盡全力打了我的屁股一下，屁股熱辣辣地，瘀血了，我卻不在乎，用手按住左胸，只祈禱心中的傷痕不要再隱隱作痛。

放學前，班導師發了一份名單，要全班同學在自己名字後面的空格填上自己學習的對象。在心中的那一欄，我填上了「藍雨」。

六

早上和媽媽去菜市場買菜的時候，看到有幾位清道夫在路旁掃地。我看了覺得很感動，天氣那麼炎熱，街道那麼吵鬧，他們仍無怨地幫大家清潔道路。

如果我們班的同學有他們的一半就好了，有些在掃除的時候懶懶散散，敷衍了事，身為衛生股長的我，有責任去催促他們，可是他們都沒有聽進去。其實是班級是大家的，打掃乾淨了也是提供自己一個清潔的環境，但許多人都沒有這樣想，只是少數幾個人去做而已……。

站在走廊上，看著班上的同學在布置教室，我腦海依稀浮現這一段文字。這是她從前的日記，曾經被老師在班上讀出來。她一直很用心的為班上做一些事情，是一個很負責任的班級幹部。我也很多次和她一起擔任班級幹部，一起在放學後留下準備同樂會，我競選自治市長的時候，她是我的助選員。和她在

做事情的感覺很棒，她讓人覺得她很可靠，可以信任，又很積極，不會太嚴肅，臉上總是掛著開朗的笑容。

有時候，真的很懷念那兩年，大家都是很單純地在一起用功讀書，參加比賽，籌備活動，時間就是那樣簡單而美好地過去了。雖然有時顏老師會莫名其妙大發脾氣，讓時間變得有些難熬，但大部分的時光是快樂，飛快地的逝去。現在想起來會很後悔當初沒有靜下來想想如何去好好把握所剩無幾的光陰，卻一直在擔心一些無謂的事情，功課有沒有做，考試考得好不好，因為記憶裡剩餘的是和她在班上一起渡過的日子，誰去在乎拿了多少次一百分。多想去抓回那種愉悅的感覺，可是卻找不到哪一個地方還有蘊藏那種甜蜜的產物。

不願再看班上同學布置的情形了，那讓過去的一幕幕一直閃過我紛亂的思路，走進班上，想背起書包，掉頭就走。「啪！」我的鉛筆盒從沒有關緊的書包掉落出來，我彎下腰把它撿起，就在這時發現，它也是很值得我細細端詳。它跟我三年了，一個藍色圓狀的袋子，因為時間久了，看起來有點髒兮兮的，側面印著「國中英數理化補習班招生中」，是一次去一個補習班試聽的時候送的。那天她沒有留在學校參加課後活動，和幾個同學說要去學校旁邊的補習班

試聽，我也跟著去。那一個多小時的數學課其實蠻無聊的，大家看起來好像很認真在聽的樣子，我只是一直在偷偷看她，結果坐在旁邊同學笑我來補習班看女生。

把那個有點紀念價值的鉛筆盒收進書包裡，我背起書包，慢慢地踱步回家去。開始喜歡在路上幻想，想著待會兒可能會在信箱裡找到她寄來的信，或是在晚上接到她打來的電話，雖然總覺得那是不大可能的事，可是我還是每天去看信箱，接電話時會期待那是她打來的，當然結果只有失望，可是至少在煩悶的生活裡多了那麼一點點的希望。

走過那一間生意略嫌冷清的唱片行，我在它的門前停下了腳步，站在那裡把它的音響播放的歌曲聽完。「我們一起一起牽著手，我們一起一起往前走……」草蜢的歌聲有點久遠，但還是給我一些心動。「我愛著你……」曾經在校際運動會上在操場揮動著彩球，隨著這一首歌曲帶動著仁愛國小兩百多名學生參加啦啦隊比賽。為了這一天，大家準備了好久，老師選出了八個人，包括我和她，每天下課沒有出去在班上練習，練習久了，我連歌詞都能背出來。

老師還自掏腰包為我們買了衣服，我和她是同一組的，穿著同樣是紫色的衣服，不小心拿錯尺寸，回家試穿了才發現，所以，她就穿了我穿過一下子的衣服。

我走進唱片行，「要找什麼歌？」老闆親切地出來招乎。「隨便看看。」我在唱片行裡走了兩圈，CD架上一片片地瀏覽了一下，選了一塊，拿到櫃台。「三十五元，謝謝！」我拿出口袋裡剩餘的零用錢，湊足了付帳。唱片行老闆在收據寫上「庾澄慶　請開窗」。

「讓你媽媽NEW一下，爸爸一起CHA CHA」CD Player在晚上不停地撥放CD裡的第三首歌。我換上了那件紫色的衣服，在房間裡跳著記憶中殘餘的熟悉舞步。

七

「林韋地！」經過辦公室的時候，陳老師叫住我。她是我去年的班導師，今年教我歷史，還蠻關心我的，我可以信任的人不多，屈指可數，或許會算到她吧。

「你有沒有參加文學獎？」我的歷史老師問我這個有一點歷史性的問題。

「好像有。」

「你有參加散文組嗎？」

「有。」

「你寫什麼題目？」

「忘記了。」

「『舊巷』是不是你寫的？」

「好像是。」

「那你在這次文學獎有得獎。」

「喔？」我的臉上露出微笑，可是心裡並沒有很高興。會微笑，是因為我知道我媽聽到我拿獎的時候會很高興，因為那是對她兒子能力的一種肯定。

「可是評審裡面有人懷疑你是抄的。」

我聽到陳老師講這一句話，臉微微變色。

從小我就不能被人冤枉，即使是一丁點兒的小事，那都會引起我的強烈反彈，因為我堅信對就是對，錯就是錯，我自己沒有犯過的錯，有責任去澄清。直到那一個星期三，我都是這樣想的。

從前的星期三是一個很輕鬆的日子，大家穿著便服來學校，有的女生還會把自己打扮得好看一點，上四堂課就回家了，我就留在學校打球。

星期三也是學校資源回收的日子。我和班上一些同學穿著橙色資源回收義工的外套，到側門內搬舊報紙，收牛奶盒，鐵鋁罐和保特瓶。我自認自己是很熱愛這份工作，沒有重要的事情不會隨便缺席，而且只有談到這份工作的時候才是我唯一能問心無愧的時候。

很多災難來臨前是不會有徵兆的，就算有，人也不會輕易察覺到。就和平常一樣，大家在很愉快的氣氛做著同樣的工作，偶而還會開開完笑。

大部分班級都把收集到的舊物資拿來了，差不多是該收工的時候。一個女老師帶著幾個學生突然出現在我們資源回收的場所。我立刻察覺到，或許全場的人都察覺到，這整個氣氛一下子變得不大對勁，大家都收起了笑容。

「誰是負責秤舊報紙的？」那個女老師擺出一副有煞氣的臉，在不是她管的地方兇巴巴的問。

我走了出去，偷瞄了後面一個學生外套上掛的學號，知道他們是五年二班的學生，而這位老師應該就是他們的班導師了。

「你是負責秤舊報紙的？」她很不客氣地問。

我點了點頭。

「聽我的學生說你們把我們拿來的報紙重量少算，加進你們六年一班的重量裡，那個人是你嗎？」

我的臉色大變，知道他們是來興師問罪的。

環保本來是一件很簡單的事業，可是如果牽涉到其他的利益，事情就會變得複雜。我的小學為了鼓勵各班參與資源回收活動，所以會按照回收物資的多寡給予獎金，並且有頒發獎狀給全校前三名，我們六年一班連續三個學期都是冠軍。

所以他們是來對我們班的榮譽作出質疑。

「你有什麼證據？」我沒有做過她所說的事情，所以我不加思索直接了當

地反問她。

那位老師聽了我這句話神情比我還激動，看起來很生氣的樣子。「你給我記住！」她狠狠地拋下一句話，帶著那批學生掉頭就走。

我沒有反應，呆在那裡。「我到底做錯了什麼？」我一直在問我自己。我努力做了一年多，卻受到這樣的質疑。而那位老師是因為我反問了她一句而生氣嗎？可是如果她沒有證據她有什麼資格來興師問罪，就只是因為那幾個學生的片面之詞？

負責資源回收的老師沒有講話，資源回收的伯伯也沒有講話，在場的同學也沒有講話，所以現在我要扛起這唯一的一句話的責任。害怕去面對接下來的連鎖反應和內心的委屈，軟弱的我哭了出來。

第一節課，全班到桌球室打桌球。看著那顆白色的小球跳來跳去，我越想越難過，莫名其妙自己過往一切的努力就這樣輕易地被那些衝動的人撕個粉碎。有幾個知道一點的同學跑來安慰我，可是他們都沒有說我是對的，也沒有問我整個事情的來龍去脈。我沒有犯錯，卻被這個世界謀殺了可貴而僅有的清

白。第二節課，顏老師沒有說什麼，像平常一樣上課，第三節課也是一樣。我知道她已經知道，有些許的心理準備，可是為什麼老師遲遲不找我來問話，這短暫的平靜讓我不安。「學校不可能為了一位學生，開除一位老師。」不知道在哪裡聽過這句話，我現在知道權勢在這個社會的重要性，原來世界並不是只有是非對錯那麼簡單。我明白了為什麼國父孫中山要推翻封建社會，因為我也厭惡這個學校，厭惡這個社會，它們是多麼地醜陋。時間一分一秒地過去，我很可笑地有一種要從容就義的感覺，知道無論如何這次自己是輸定了，那多年以來堅定的信念也被擊垮了。

漸漸地，全班越來越多人知道剛剛早上發生的事情，大家都在議論紛紛，可是卻沒有人在乎我是怎麼想的。

第四節課，顏老師發覺不少人或多或少知道這件事情。「誰傳開來這件事情的？」聽到顏老師這樣說，我知道這是序幕。

鈞站了起來。「剛剛我還在想怎樣向你們說這件事情，結果你現在先傳了出去！」他有點無辜地被老師罵，我還有點同情他。

「林韋地，」現在是我的時候，我站了起來。「你知不知道你這樣做把全班的名譽都賠進去了？」所以因為一句話，就否定了我之前的努力，還成為班上的罪人。

「當時你不會說『老師對不起，我再幫您查查看。』這樣王老師氣就消了，事情就比較好辦了嘛！」或許當時我是應該這樣說，可是這樣的要求對一個不懂遊戲規則的小學六年級學生是不是太殘酷了？

「而且王老師和我還是交情很好的朋友，你這樣做還影響我們之間的友情。」我只知道在班上我可能連一個朋友都沒有了。

「結果王老師要告到校長那邊去了，你現在去五年二班向她和全體五年二班同學道歉，還能挽回。鈞，你陪他去。」顏老師都這樣說了，我只好和鈞一起去認我不曾犯過的錯。

我們才走出不到十步，「你們誰去看看他們兩個有沒有去五年二班道歉。」顏老師的聲音就從背後傳來。我終於瞭解到自己是多賤，已經名譽掃地，或許再也沒有人會相信我了。

「王老師和五年二班全體同學，我承認自己錯了，很對不起，希望你們原諒我。」在五年二班前，我不知道花了多少力氣才把這違背良心的話大聲說出來，可是他們是否有看到我左手緊握的拳頭流露出的憤怒？

我和鈞被王老師叫到後面，「你們要知道我這樣做是要你們學習，怕你們以後出去社會會吃虧，明白嗎？」直到最後我才明白，原來我犧牲我的名譽，犧牲我過去的付出，犧牲我在學校唯一能問心無愧的事，犧牲同學對我的信任，犧牲一個十二歲的孩子應有的童真，犧牲一位六年級學生應有的快樂卻只是為了要提早瞭解這個可笑的社會的殘酷。最後也沒有人管我是不是有更改回收物資的數據，老師沒問，同學沒問，可是在心裡大家已經認為我有。真理沒有得到權勢的支持，就會變成謊言。

放學了，坐在教室裡，看著她一步一步走了出去。我多希望她走過來問一句「剛剛的事情到底是怎麼一回事？」或說些什麼，或就只是坐在旁邊聽我說，可是她沒有，我當然沒有怪責她什麼，只是，她沒有。我想在大家心中我的形象已經陷入萬劫不復的境地了，不知道在她心中是否也是如此。

沒有人知道真相是什麼，也沒有人在乎我，坐在教室裡，我想好好再哭

一次。

「可是我看到那篇文章時，就猜想到說可是會是你寫的，因為你都是這裡描寫一點，那邊敘述一點，所以我和他們說：『我有一個學生，他的寫作手法和這一篇很像，有可能是他寫的。』」陳老師看到我的臉色不大對勁，連忙解釋。

我的眼神流露出少許的感激。

「對了，林韋地，你好像有很多科的作業沒有交。」

「嗯，大概五、六科吧。」

「你今年好像變得比較懶散，去年我看你都不是這樣，是不是遇到了什麼難題？」

「沒有啊！我沒有變，我一直都是這樣。」

「一直都是這樣？」

「對，我一直都是這樣，從以前到現在。可是我會變的，我讓我自己改變。」為了我自己，我再一次對自己許下一個有負擔的承諾。

八

數了好久的日曆，好不容易能擁有一個假期。只覺得生活總是太忙碌，太緊湊，來不及給自己一段好好思考的時間，只能被時光一步一步推著走，所有事情或許相同，或者不同，她還是沒有消息，我的心麻木了，因為熟悉了失望的感覺。

坐在自己的家裡，四處好安靜，靜得讓人覺得空虛，我沒有做什麼，頭腦也沒有在想些什麼，就只是好好地在屬於自己的空間享受這種令人覺得安祥的空虛。

當我的意識開始察覺到這種安祥的時刻已經在慢慢地流逝時，她的倩影又在我的眼前閃過，不知道是不是在我寂寞和安靜的時候都會想起她，日子久了，好像已經習慣了無奈地思念方式，自己也不大清楚自己對她的感覺到底是什麼，當時的她對現在的我真的那麼有意義嗎？或許是寂寞過了頭了吧。「喜歡」兩個字並沒有說明一切。

只好禁止自己問自己沒有答案的問題，因為那會帶給我無謂的煩惱。真正用心地想要在這個假期做些有意義的事，過得充實些。拿出一疊上面已經有一層灰的稿紙，輕輕擦拭，找尋曾經失去一段時間的衝動，想著了無新意的生活裡的僅有變化，像從前那樣地寫。

我從那個夢開始寫，然後是曾有的期待，失落的結果，奇怪的病，還有很多很多還沒有結束的故事。這有點像寫日記，把心裡的聲音記錄下來，卻也穿插一些從前的事，從前的聲音。為了讓那種感覺不那麼快流逝，我一直聽著同一首歌，因為以為旋律可以把情感鎖住。

天黑了，我的手還是沒有停下來。看了看月曆，發現以前會很期待的那一天，她的生日，就要來臨了。兩年前還和她一起快樂地慶祝，在那個大大黃色的M下。我送了她一本筆記本，和一張用電腦打的卡片，卡片裡寫了我一直沒有對她說的四個字，結果，隔天她對我說：「林韋地，你好老土喔！送筆記本。」「你好老土喔！」她開心地取笑我的聲音至今仍在我耳邊迴繞著。

突然有股衝動要把這份稿寄到台灣，不知道在她的眼中，這是不是另一份老土的生日禮物。

媽看了那份稿，我放在桌上，她回來的時候隨手翻了。晚上，我們試著討論有關她的事情，剛開始有點難以啟齒，畢竟對著母親說這種事有點困難，後來就透露越來越多，我一直說一直說說到我們睡覺為止。那個夜晚，我睡得很熟，因為我終於對著最親近的人吶喊出她的名字。

九

「喂？林韋地，聽得到我的聲音嗎？」廷的聲音從電腦的喇叭傳到我的耳朵。不久前，我們開始利用網際網路交換彼此的想法，就好像從前面對面的時候一樣，好朋友之間談話的模式並沒有隨著時間和距離的變化而改變，我開始無時無刻地等待星期六晚上的來臨，然後享受那種慢慢咀嚼朋友話語的喜悅。但是，我也不禁懷疑過去以公尺為基本單位的制度是否還適用，為什麼同樣是四百萬公尺的距離，有些人離我很近，就像在身邊一樣，有些人卻離我好遠好遠，連影子都碰不著邊。

「聽得到。怎樣，最近還好吧？段考考得如何啊？」

「別提了，一想我就生氣，出題老師真是夠ＯＯＸＸ，連那種很細節的地方都考，不是我說，實在太機車了啦！」

「不要太激動，我可以理解你的心情。」

「嗚……」

「她的電話要到了沒？」

「你是說林姓女子啊！抱歉，沒有，我拿她沒輒，她太恰了，連電話也不給，還一副兇巴巴的樣子。」

「你有和她說是我要的嗎？」

「有啊！她還是不肯給。對了，27號和她同班，可能會有班級通訊錄，你打電話問問她好了。有沒有什麼新Game啊……」

就在經過這麼多麻木的日子後，就在我幾乎要放棄的時候，廷又給了我一個小小的希望，雖然我心裡清楚地知道結局會是失望，可是只要想到這次或許真的能找到她，我就會毫不猶豫地去嘗試，雖說這多少要付出一點代價。

我看了手錶，九點半，拿出那張班級通訊錄，27號，瑜，和我不太熟的女生，沒有想到會在就要忘記對方的時候第一次打電話提醒她她還有我這個小學

同學。

「喂？」話筒傳來男生的聲音。

「我找瑜。」和打給瑋的時候一樣，我的心臟很自然地加速。

「稍等。」

我看著手錶上的秒針一下一下地走過，瞭解自己有多少的電話費花在等待上。

「喂？」這個聲音我沒有印象，但想必就是了。

「喂，瑜，我是林韋地。」

「你打給我幹嘛？」

「我想問妳有沒有藍雨的電話。」

「沒有。」和預期中的一樣，希望的結局往往是失望。

「你們沒有班級通訊錄嗎？」我沒有放棄，企圖從失望中尋找另一個希望。

「是有，可是藍雨的電話後來換了，我向她要，她不肯給。」

「喔，這樣子啊，那……多謝妳，再見。」

掛掉電話，看著手錶上的秒針一下一下地走過。我不是很失望，因為原

先打這通電話時就沒有抱太大的期望，所以也沒有什麼失望可言，只是我已經不斷地嘗試去想通這所有的一切，總覺得不大甘心，付出了這麼多，我得到的不應該是失望，原本只是想要找一個我喜歡的女生，現在莫名其妙變得有些複雜，找一個人的電話什麼時候成為一件非常困難的事，她到底在想什麼，電話幹嘛如此保密，明知道是我要的，她又為何不給呢？她變了多少？是不是還有一些事情是我應該知道卻不知道的？

九點四十分，我撥了剛剛撥過的號碼。

「喂？」剛剛那個男生的聲音。

「我找瑜。」

「稍等。」

「喂？」和剛才差不多，我等了二十秒左右。

「喂，瑜，我是林韋地。」

「什麼事？」

「你們班上有沒有誰和藍雨比較要好，妳可不可以幫我打電話問看看有沒有她的電話？」

「這樣子啊，我幫你問問看好了。」

「那我過二十分鐘後再打給妳，多謝。」

現在我又有了一個微小的希望，雖然它在二十分鐘後可能又是另一個失望。

我沒有在想些什麼，就只是等著，單純地等。

十點，我再撥了一次那個號碼。

「喂？」還是剛剛那個男生的聲音。

「我找瑜。」

「你剛剛不是打來兩次了嗎？」

「對。」

「你有功課上的問題要問她是不是？」

「嗯……不是。」

「她現在不方便接你的電話。」

「那……我晚一點打給她好了。」

「不用再打來了啦！」說完，他很用力地掛掉電話。

我掛掉電話，看著手錶上的秒針一下一下地走過。試著去弄懂這一切到底是怎麼一回事，被人掛電話的滋味不是很好受，這或許是我第一次被人掛電話，而且，還是長途電話。我應該沒有做錯任何事，就只是單純地問一個小學同學的電話，他為什麼要掛我電話？通常一個人會掛別人電話是因為有無聊的人打電話去騷擾他，所以說，現在的情形應該是這位先生以為我是一個無聊的人打電話去騷擾他女兒。

「當別人認為你做錯，但你卻沒有做錯時，林韋地，你應不應該去澄清？」

十點二十分，我再撥了一次那個令我難受的號碼。與其說是為了我自己去澄清，不如說是為了她。其實我大可以不必打這通電話的，但劉力瑜還沒有告訴我她沒有要到她的電話，我的希望還沒有幻滅，失望還沒有浮現。為了她，我可以做所有我可以做的。

「喂？」剛剛掛我電話的人接了電話，好像怒氣猶存的樣子。

「我剛剛打來過。」

「你到底找瑜幹嘛？」

「我這次打來是要和您說清楚。首先，我是瑜的小學同學，我現在人不在臺北，在馬來西亞，我找她是為了請她幫我要一個同學的電話，這個人對我來說很重要。如果說我打擾到她的話，我在這裡向您抱歉。」我聲音有點顫抖。

「你要請瑜幫忙要電話是不是，那位同學叫什麼名字？」他聽了我的解釋好像覺得有點過意不去。

「藍雨，瑜應該知道。」

「你要藍雨的電話是不是，我會通知瑜，問到了再告訴你。」

「多謝您，再見。」

「再見。」

誤會冰釋了，心裡卻也沒有比較好受，只是因為付出了好多，覺得很累。

隔天，瑜的父親告訴我她不方便給我她的電話，和預期中的一樣，只是不懂為什麼電話打了，信也寫了，至少五個人幫我問過，連電話都被人掛了，除

了回台灣找她以外所有我該做的都做了，她還是不肯給我一丁點兒的回應。

「藍雨，妳到底還要我怎麼做？妳說啊！」

原來太多的失望連串在一起會變成一種折磨。

十

在早上，從檳威大橋眺望遠方的太陽的確很美。這是一個充滿朝氣的早晨，假期後第一天上課的日子。我坐在媽的車上，看著遠方的太陽，盼望那能把心中的陰霾一掃而空。假期裡的睡眠似乎沒有什麼作用，我還是覺得好累。

媽試著和我聊些什麼，我沒有回答，假裝睡著了，因為現在我不想說話，累得懶惰把嘴巴張開。學校很快就到了，我自動從不是睡眠的睡眠中醒來，背起書包，打開車門就走。媽塞給我一封信，她寫的，很多時候文字也是我們交流的方式。

第一堂課是華文課，華文老師抱著一疊作文簿走進來。「把作文簿發下去，拿到誰的就改誰的。」

我改的那位同學寫得很短，我糾正了幾個錯字就改完了。我看大家都還在鬧哄哄地改著，拿出媽的信來看。

韋地：

可能你在這裡還沒有遇到很優秀的女生，所以才會這樣地想念藍雨。

或許是吧，可是她在我眼中一直都是最優秀的。

在你這種年齡喜歡女生是很正常的事，媽媽也相信你已經有辨別是非的能力，不致於因為這樣而廢寢忘食，荒廢學業。可是畢竟你年紀還小，很多事情你沒有處理得很好，媽媽必須要給予指正。

念到這裡，鑫的聲音打斷了我的注意。「老師，我要念林韋地的作文，因

為他實在寫得很好，要和全班同學一起分享，感人喔！」我沒有去阻止他，因為從來都不介意自己的情感讓別人知道，繼續讀媽的信。

你要知道的是朋友之間的交往是兩個人的事，你要時常站在朋友的角度去想，要在乎朋友的感受。從小到大，你一直都是很直率的人，很多事情你都敢說敢做，不會去在乎別人說什麼，可是其他人不一定都是像你這樣子。你喜歡藍雨，你可以毫無顧忌地和別人說，而別人講什麼你也不介意，可是她會不高興，女生都不喜歡別人講閒話，所以她會開始躲你，你們相處的機會反而少了。

現在你回來了，也沒有什麼好朋友，有時你會覺得寂寞覺得孤獨，所以偶爾會想念她，會想要找她，這本來不是什麼壞事，可是現在你投入的心力，時間和金錢遠超過任何人的想像，而且還沒有任何成果。你的行動可能會讓她覺得反感，相隔兩地很多事情都說不清楚，久了，可能會變成一種騷擾，就算她不介意，她的父母親也會不高興，她還有不到一年就考聯考了，台灣聯考競爭是很激烈的你又不是不知道。

你的稿我看過了，我想你最好還是不要寄給她，因為她可能會被嚇到，就會和你斷絕來往。反正你還是有一天會回去，到時見到她本人，聊過以後，再送給她不遲。

喜歡一個人就不要讓她感到困擾。她只是你生命中的插曲而已，不需要放那麼多的心思在她身上。

替兒子擔心的媽媽

看完了媽的信，我好難受，好難受。怎麼會直到現在才發現自己一直都是錯的，一直重覆曾經犯的錯，我真的沒有想過會傷害到她，會傷害自己最在乎的人。一直都希望她好，從前她拿模範生的時候我替她高興，現在也盼望從同學的口中知道她值得令人高興的事，不久以後，我也會在這裡祈禱她考到很好的成績，可是從前的時候我好像沒有幫助到她什麼，現在也沒有，反而是一種阻力，總是不停地給她造成困擾。現在，我已經不知道該怎麼做，就只是希望她好，希望她會很好。

鑫讀完了我的作文，在全班的笑聲中，我的傷心滿溢。

十一

踏著無奈的腳步回家，全世界好像沒有什麼變化在我明白我的執著原來是一種錯誤之後。有一股壓力好重好重，讓我想瘋狂地大吼大叫。被迫要抉擇自己是否要放棄留戀的一切，因為放棄才是所謂對的方式。

「韋地，有你的信，一個台灣的女生寫給你的。」在進門後，四叔拿了一封信給我，我看了背面，瑋寫來的。書包丟在一旁，坐在樓梯上，把心提起勁來看信，雖然不知道這會不會是另一封告訴我做錯了的信，另一封令我心碎的信。

林韋地：

這封信是在我收你的來信時，第二天晚上所寫的。在我接到你的第一通電話時，心裡其實很驚訝，也很高興，沒想到畢業這麼久了，還能接到你的電話，跟你連絡，你還會想到要找我幫忙，實在是有點令人難以相信。畢業之後，和我比較有連絡的大概就只有婷了，其他在同校的同學，見了面就只點點頭，打聲招呼而已。其實在這兩年多的時間，我們也有辦

過同學會，但最後也都不了了之，我心裡其實也滿感慨的，兩年的感情就這麼消失了。

我進了中學以後，當然課業的壓力愈來愈大，還有什麼有關升學方面的事啦，補習班啦，考試啦，一件一件如雪花般的不停落在我的頭上，不過習慣之後也就沒什麼啦！現在升上三年級後，每天除了要到學校上課外，補習也是少不了的事，因為距離聯考愈近，壓力就愈大，要更加緊的用功才行。

你在馬來西亞過得如何？不知一切是否順利？有沒有什麼好朋友？看你在地圖上畫的，你現在好像有在住校啊？一切都還習慣吧？相信一定是的，對吧？

願你　事事順心　身體健康

友　瑋上

P.S.：「信己替你交給藍雨了，所以……感謝我吧！我現在也在上課，很辛苦的！多關心關心父母。真不好意思，隔這麼久才寄。」

看完瑋的信，我笑了。不知道為什麼笑，只知道世上再也沒有比這封信更值得令我高興的事。

十二

我的筆仍然沒有停下來。下定了決心要把它完成，就算她只是我生命中的插曲，我也要把這旋律記下來，或許日後還有機會奏給她聽。

依舊懷念她的聲音，但已不再強求，少了一份執著，心情反而輕鬆許多。想了很久，卻仍不大明白自己對她的感覺到底是什麼，「喜歡」兩個字太抽象了。我沒有想過要去追這個女孩子，要她做我的女朋友，和她談戀愛或什麼的，只是想多接近她，能成為很好的朋友，可是又不能夠確定自己心中的渴望是不是就只是這個樣子而已。

在她生日的前夕，我劃上了句點。或許我還會寫下去，因為故事還沒有結束。

棋子

我穿過一條長長的巷子，在一棟公寓前停了下來，按了二樓的電鈴。從旁邊的牆壁上可以看得出歲月的痕跡，只是和我上一次看到的並沒有差別多少，「吳老師書法招生中」這八個大紅字還是如此地鮮明，甚至有點刺眼，在這片平淡的景色裡。

對講器沒有傳出詢問的聲音，門就開了，我走進去，把厚重的鐵門關上。陳舊的樓梯發散出一絲絲的霉味，我大步大步地爬上二樓，一扇紅色的木門已經開了，門縫處站著一個中年男子。

「請問吳老師在嗎？」我問他。他沒有說話，退後了一步，左手指了指陽台，就走進去了。我推開門，看到一位上了年紀的老人，彎著腰，在整理那有點髒亂的花卉，我沒有叫他，就只是站在門旁靜靜地看著。過了一會兒，他花卉好像整理好了，慢慢地站起身來，回過頭，看到我，愣了一下。

老師的容貌沒變多少，只是頭髮少了一點，皺紋多了幾條。我走進兩步，給他看得清楚些，笑問：「老師，還記得我嗎？」。他仔細地看了我一會兒，才彷彿恍然大悟似地說：「啊，你是那個……那個林韋地！」，我點了點頭，很高興他還記得我這個學生，問道：「老師，您最近這兩年過得還好吧？」

老師不知道是不是沒有聽到我說什麼，喃喃自語：「長這麼高了，比老師還高了。」拉住我的手走進屋裡，說：「來，咱們聊聊。」我的手被他緊緊地握著，感受到他的手還是那麼地厚實，從前剛開始寫書法我還不大會寫時，老師就握住我的手一個字一個字地寫下去。

我被老師牽著走到從前寫書法的房間，看著那裡還掛著一枝枝的毛筆，櫃子裡仍是一卷卷的宣紙。老師拿來一張我從前坐過的板凳給我坐下，自己坐在一張椅子上。

「你現在在哪裡讀書啊？」老師問我。他講話有一點模糊，和從前一樣帶著濃濃的鄉音。

「我在馬來西亞。」

「成績很好吧？」

「還過得去。」

「在那裡還有沒有寫書法？」

「很久沒有寫，都荒廢掉了。」

講到這裡，老師沉默了一陣子，一時之間，我也不知道和老師說什麼好。

「老師，您現在還有下棋嗎？」記得從前自己都很沒有耐心，每次都草草把書法寫完，然後就和老師下棋，結果一段時間下來，我的書法是沒有什麼長進，反而棋藝精進不少。

「你和從前那個……那個叫什麼名字了，都是很喜歡下棋，整天就找我下棋，你們走了也沒有人陪我下了。」我沒有說話，只是看著這個空間，這些屬於老師的事物。

「不然，咱們來下盤棋如何？」，老師有點吃力地站起來，走到櫃子前找棋，我發現從前放象棋的地方現在是空著的，沒有放任何東西。

「怎麼……怎麼這棋也沒了？你們走了，棋沒有人玩，也都沒了。」老師，翻了翻櫃子，可是卻還是不見棋子的蹤影。

「老師，我去借一副棋來好了。」

「嗯，你說什麼？」

「我去學校借一副棋。」

「那你快去快回，借得到是最好，借不到也不打緊。」

我穿了鞋，開了門，下樓去。老師站在門邊，看著我的消失的背影，聽著我的腳步聲越來越小，越來越小。

我快步走到從前的學校，和從前的老師借了一副象棋，又快步回到吳老師家裡。

「借的還是買的？」老師怕我為了和他下一盤棋去買，看我拿了副棋回來，連忙問道。

「借的。」我拉了老師的手走到書法室擺棋，記得從前牆壁上還貼有一張紙，上面寫著：「此室不得下棋。」可是我都不管，照樣和老師在這個房間下棋。

我的棋很快就擺好了，老師和從前一樣，最後才把「將」放上去。老師讓我先走，我用從前老師常用的下法，第一步先起「象」。這一盤棋，我也用心

去下，從前和老師下棋時總是輸多勝少，不知道現在我的棋力進步多少。

老師的攻勢還是和從前一樣凌厲，可是好像有一點粗心大意，我穩紮穩打，不久就抽了一隻「車」。

「吃我的車，我…我……我吃你的馬。」，老師失了一子以後沒有想清楚就下，中了我的陷阱，連連失子，這盤棋下了二十分鐘，我贏了第一盤。

「來我們再下一盤。」老師有點不大服氣，要和我再下一盤。第二盤一開局老師就被我吃了一隻「炮」，局勢很不利，主動權在我手上，老師除了佔到中炮以外，其他的子力都沒有發揮。

在我準備大舉進攻的時候，老師的「馬」突然從左翼殺出，「將軍！」老師很得意地喊了一聲。我仔細端詳了棋盤，頓時傻眼，才下了五分鐘，佔了很大的優勢，結果一時大意，一著就輸了。我有點氣餒，我已經很用心去想，結果還是避免不了錯誤。

「好了，我們各贏一盤，皆大歡喜。」老師把棋收好，交給我，我看了看時鐘，時間已經不早了，「老師，時間不早，該告辭了。」。

「好好，下次你回來時再來，我們再來下一盤。」

老師送我走到門外，「林韋地，你在那邊常下棋嗎？」

「偶而下下。」

「好像沒什麼進步，還是那麼焦躁。」老師笑著說。

「是。」我有點慚愧，經過那麼多年，老毛病還是改不掉。

和老師說了聲再見，離開這棟公寓，不知道下一次和老師下棋是什麼時候的事了。

新棋子

我獨自一人，穿過這條長長的巷子，天空陰陰的，風吹得我不自主地顫抖起來。在一棟公寓前停下腳步，「吳老師書法招生中」八個原本鮮明的大字，在過了三年以後，顯得有些暗淡。

大門並沒有關，只是暗掩著，我推開門，進去後再輕輕地把門關好。一步一階梯地走上二樓，那扇紅色的木門也沒有關，我敲了門，靜靜地在門外等著。等了好一下子，一個老人才出來，看到我，愣了一下。他戴了副黑色框的厚重眼鏡，頭髮已相當稀疏，而且找不到一絲烏髮。

「老師。」我的聲音有點低沉，難掩興奮之情，但看他的臉色還頗為紅潤，不由得在心裡暗暗高興。「你終於來了，我等你好久了。」老師笑著，把紅色的木門拉開，拉著我到客廳坐下。雖然我已強壯不少，老師的手仍依舊厚實。

「你怎麼這麼久才來看我啊？」老師的鄉音不變，只是聲音有點沙啞。

「我前幾天才剛剛回來。」我連忙解釋。三年的時間不算短，發生了很多事情，我卻直到這個時候，才驚覺三年已經過去。「上次你來，我們要下棋卻沒有棋下，害你得跑到那學校去借棋。所以啊，我就特地去買了一副棋，等你來和我下，結果你過了三年才來，害我三年沒得下棋。」老師說完了就呵呵地笑，然後就起身到他寫字和睡覺都在那的房間裡頭。我也連忙起身跟進去，老師的笑聲還在客廳裡徘徊不去，想起小時候我寫字寫壞了，下棋下輸了，老師也是這樣笑的。

老師從房間的櫃子裡拿出了一副棋，說：「來來來，咱們到客廳下。」我發現老師手上的棋是全新的，還沒有拆封過。老師拿了一把剪刀要拆，「老師，我來。」我急忙搶過他手上的剪刀，拆開這副新棋子。我們在客廳坐下，擺了棋，老師一如往常，到了最後才把「將」擺上，然後輕輕旋轉，讓「將」字不偏不倚地正對著自己。

小時候和老師下棋，總是希望能多贏幾盤，但老師每次都讓我輸的和贏的一樣多，說皆大歡喜，就不下了。三年前回來看老師時，下了兩盤，贏了第一

盤，第二盤卻一時大意，輸掉了，被老師念了一句：「你還是如此焦躁。」這次呢？我還要證明什麼給老師看？證明我棋力進步了？證明我不再焦躁？

「老師，你先。」老師聽了沒說什麼，和從前一樣，象三進五。我不存勝敗之心，覺得有機會和老師下盤棋，已經很滿足，沒有想太多，用自己最熟悉的下法，炮二平五。客廳隨著棋局的開始變得相當寂靜，只剩下棋子落在棋盤上的聲音。老師下得很慢，每步棋都花了很多時間思考，而我只是隨著棋局的發展隨意下，反而下得快。

我們下了一陣子，棋局已經到了中局的階段，雙方都已佈署得差不多，到了不得不針鋒相對，短兵交接的時候。車四進五，我輕輕地揭開了攻勢，抬頭望了老師一眼，而老師只是靜靜地專注在棋局上。這時一個大概十四、十五歲的女生走了進來，她穿著一件紅色的外套，手上拿著一個粉紅色的書包。她禮貌地跟我打了個招呼，但沒出聲，我向她點了點頭。

老師仍在思考著，那女生則站到旁邊靜靜地看著棋。終於，老師拿起了他的「炮」，但又放回原處，想拿起另一顆棋子，卻又猶豫不決。客廳繼續保持寂靜，老師繼續想著，過了一會兒，他抬起頭來，看到了站在旁邊的女生，

說：「妳來了。」「這盤棋我下不完了，下次再下吧。」老師站了起來，和那女生走到寫字的房間裡，客廳剩下我一個人，和一盤沒有下完的棋。

我靜靜地看著這盤棋，也沒去想這盤棋下到最後會是誰勝誰敗，就只是靜靜地看著，然後一個一個地把棋子放回盒子裡。拿著這副新棋子，我走到老師的房間前，看見老師握著那女生的手，教她寫字，忽然覺得有道無形的玻璃隔著我和這個房間，想起自己曾經也在這房間裡學寫字，可是卻沒有好好地學，沒有好好地把老師窮畢生精力練的書法和國畫學起來，而如今，我再也回不去從前。或許，老師是希望我把書法練好的，但我卻是如此貪玩而缺乏耐心，而老師也寬容地縱容著我。

老師握著那女生的手寫了幾個字，就讓她自己寫，轉過身來，看到我站在房門口，我把棋子交給他，他卻不肯收，說：「這副棋是為了你買的，你就拿回去吧。」「不，老師，這副棋還是放在你這裡，下次來我們再下。」我把棋子放到老師的櫃子裡，雖然我也不知道，所謂下次，是幾個月後，另一個三年，還是根本沒有下次。

「老師，時間不早了，你還有學生，我想我還是先回去了。」老師陪我走出房門，我看到客廳的牆上，掛著一副國畫，上面蓋有老師的印章，印章下寫著民國九十一年，心裡忍不住感到十分高興，老師這麼大歲數了，還是能有這麼好的作品。老師送我到門口，站著看著我蹲下穿鞋綁鞋帶，說：「有空常來看我，別讓我等這麼久，咱們再來好好地下一盤棋。」

我穿好了鞋，走出門口，回頭跟老師說：「老師，您多保重，我很快就會再來看您。」「路上多小心。」老師叮囑我。「我知道，再見。」說完，我轉身下樓，而老師的身影也消失在紅色木門後。

走出老師的公寓，天空飄著細雨，心裡頭突然有股衝動，想跑回去對老師說，如果我還有機會回來這裡住上一段時間，我一定每天來陪他寫字，下棋。巷子旁的樹被寒風颳得左右搖曳，停不下來，雨水，也打濕了我的視線。老師的公寓隨著我的腳步離我越來越遠，但我很清楚，屬於我自己的路，還是得走下去。

不如不見

不知不覺，我離開台灣已經十年了，十年，應該算是一段很長的時間吧，世界發生很多事情，我回到檳城，到大山腳，到吉隆坡，再到英國，從玩單機電腦遊戲，到上色情網站，到開始寫自己的部落格，再到亂逛別人的部落格，資訊科技的進步，不懂是給我機會交了更多的朋友，或只是令我更感到寂寞。

於是我開始在網上搜尋一些熟悉的名字，雖然大多時候都沒有什麼收穫。昨天，無意之間，奇蹟似的，竟然給我找到藍雨最近的照片。有時候我也不懂，為什麼這麼多年以來，我一直都把這個名字放在心裡。記得初三時，有一天突然心血來潮，翻出小學的通訊錄，打電話給幾個小時候要好的朋友，都還聊得蠻開心，打給她時，卻發現她早已搬家了。

過後不久，在一堂許惠娟老師的華文課裡，老師叫我們寫作文，我就寫了一篇和她一起去中正紀念堂玩的遊記，結果被老師的課堂上念出來，老師還

說我可以上超級任務，叫阿亮幫我尋人。考完統考，在假期裡，就寫了這篇藍雨。假期時回去台灣一趟，那是我離開台灣三年後第一次回去，在她的中學見到她，有了一個很短也不是很愉快的對話，那是我第一次發現人是會變的，我在自己成長的土地上，感受到了前所未有的寂寞。

後來又再回去了台灣幾次，不過再也沒有見到她了。有幾次試著打電話給她，一次是在她生日時，也沒有聊很久，只談了幾分鐘吧。有一次，卻和她聊了一個多鐘頭，聊得蠻開心的，還要到了她的新地址。然後我就寄了〈藍雨〉給她，過了一段時間，再打給她的時候，她又回復成那種愛理不理的態度。可能她以為我只是她的眾多追求者之一吧，我覺得沒有什麼意思，也沒有再去聯絡。可能我也並不是真的很在乎吧，最後我也弄丟了她的地址，不久前，再打去時，她的電話又是空號了。

剛看到她的照片是又驚又喜的，沒想到真的給我找到，一開始我還不大確定，那倒是不是她，多看了幾張後，我才敢肯定。看著看著，心裡卻只覺得很失落，當然，我沒有資格去評論別人什麼，只是覺得和想像中有很大出入吧。

她的臉比小時候圓了一點，輪廓卻沒有什麼改變，那雙大大的眼睛裡，卻看不到小時候熟悉的眼神，看起來更顯得陌生。不同的照片裡，她有不同的裝扮，不同的髮型搭配著不同的髮色，是和我印象中的她很不同。

這麼多年來，或許只是我一廂情願地把她想像得很美好吧，又或許，這一切都只是我寂寞的投射。越渴望見面然後發現，中間隔著那十年。小學畢業，那年我回到馬來西亞，我開始失去了歸屬感，開始一個人，開始自以為是地認為，自己和別人是不同。一直想像，如果我待在台灣會是如何如何，我會和家人住在一起，我會和朋友去打棒球，我會證明，我也可以在高中聯考金榜題名。

最後這一切變成了傳說中，我十三歲悲慘的故事，一次又一次被重覆敘說著。我寫作，因為我很寂寞，沒有人聽我說。我覺得自己很特別，不想和別人相同。我很難去喜歡身邊的女生，那時我覺得，她比所有馬來西亞的女生都美麗。後來心深傷透，後來寂寞過了頭，開始認清自已的處境，才妥協了。但我偶爾還是想念著她，想念著中華民國，只是時間並不停在那裡，我懷念的事物也不在原地等著我。

也許我不應該看到她最近的相片，這樣在我心裡她永遠都能保持那美好的

模樣。也許我不應該再依戀雨點，彼此的天空，再也沒有交集，她有她的朋友陪她共歡樂，我也不可以再對愛我的人不公平。

似等了一百年，忽然明白，即使再見面，成熟地表演，不如不見[1]。

1 引用自《不如不見》，作詞者林夕。

檳城是馬來西亞華人人口比例最高的城市，許多家庭都還保有華人傳統大家庭的結構。

在我成長的過程中花了很多時間去思考自己到底是什麼人這回事，總覺得自己不完全是個馬來西亞人，也不是個台灣人，更不是個中國人。

要找到自己最終的身份認同是人生最困難的一件事吧。

但我一直都覺得檳城是我的家，那裡有很多愛我的人們。

我愛我媽

今天借了兩本小野的書，一本是《輕少女薄皮書》，而另一本是《生煙井》。

因為明天是星期六也是我回家與家人相聚的日子，所以迫不期待的要和我媽說我借了兩本小野的書給她看。

我和叔叔一家人去親戚家吃飯。剛吃飽，就找電話打回家。

表妹：「喂！請問你找誰？」

我說：「找大姑媽。」

表妹認出了我的聲音，拿無線電話給我媽。我知道我媽又在打麻將了。

「喂？」終於傳來媽媽的聲音。

我說：「又在打麻將？」

媽媽：「陪公公嘛！他才剛回家。」

我也知道打麻將只是我媽陪外公的一種方式，可是我不喜歡和人家講話時突然傳出一聲「碰！」顯得自己不被尊重，尤其是當我在進行這可貴的親子交流時。

我問道：「什麼時候沒有打麻將？」

媽媽：「八點多我去載妹妹，等我回來時打給妳，大約九點。」

我說：「拜拜！」

媽媽：「拜拜！」

失望地掛上電話，本是滿懷一整天的期望打去，卻只得到如此的回應，難受極了。

回到家，失落地寫著明天要交的稿，直到九點，不見電話響，又拿起話筒，打回家。

表妹：「喂？請問你找誰？」

我說：「找大姑媽。」

表妹：「大姑媽不在。」

我說：「哦！拜拜！」

百感交集地掛上電話，不知道是失望還是高興，仍堅信著媽媽會打來。

九點半了，電話始終仍未響，我再次打回家裡。

媽媽：「喂！」

我說：「回來啦！在幹嘛？打麻將？」

媽媽：「對呀！一回來舅舅就不要玩了，Pass給我。」

我真正地感覺到自己的渺小和空虛，卻不知道如何表達自己的感受，取而代之的是憤怒。

我說：「妳不是應該在打麻將之前先打電話給我的嗎？這是妳自己承諾的，舅舅Pass給妳，妳不會不要啊？為什麼這樣不守信用？」

媽媽：「什麼事？」

我說：「如果妳還在打麻將，就沒有事了。」

生氣地掛上電話。自己在下雨的窗旁寫稿，所有人都在大屋子團聚，只不過是希望跟媽媽分享我的生活，卻被遺忘，我已經沒有傾訴的對象，快要崩潰。

電話響起，知道是媽媽打來的，接了電話。

我說：「喂？」

媽媽：「不要生氣啦！記得明天十二點公公去載你，你要講什麼？」

滿腔的熱情早已化為烏有，剩下的只是應付。沒有心情再聊了，早早掛線。

躺在床上，很想哭，卻已哭不回來童年情景，才知道一家生活在一起的可貴，卻太遲。團聚的兩天成為我每日的期待。多希望能再鑽進我媽的懷抱，可是時間和空間卻是阻礙。至少，還能再見面，再聊天，已足夠我珍惜。

我愛我媽。

我愛我爸

這是一個星期天的早晨，但我沒有機會在床上懶散太久。關掉響起的鬧鐘，叫起熟睡的妹妹，自己到浴室梳洗，換了套衣服，到樓下弄兩份早餐之前，還不忘提醒妹妹別再賴床，趕緊換衣服。

鐘上的短針和長針都指著六，天還沒亮，空氣中瀰漫著一股冷的氣息，我喝了口熱牛奶，感覺到一股暖意在身子裡流動，很舒服。妹妹邊啃著土司邊在門口走來走去，我叫她坐下來好好用她的早餐，她不聽，說是怕待會兒我們不知道叔叔的車來了。想起接下來的兩三個小時裡，應該可以和妹妹好好聊聊，我就有點興奮和期待，因為上學的關係自己平時沒什麼時間和妹妹相處，提醒自己要好好地把握這個機會。

「哥哥，叔叔的車來了！」妹妹打開門就衝了出去，我把門關上確定已鎖了，才上車，坐在妹妹旁邊。這是個清明時節，也是我一年一次向已逝世的祖

父請安的日子，媽媽去祭拜她的哥哥了，爸爸在國外工作，所以今年只有我和妹妹去掃祖父的墓。從前清明節爸爸也有去時，我們總是會聊很多，聊最近看什麼書，聊披頭四的歌，聊世界大事，聊很多很多，我們就像是無所不談的好朋友，爸爸出國工作後，我有時睡覺前都會想他回來時要和他聊些什麼好。

「妹妹，最近妳看什麼書？」

「聊齋異誌。」

「白話文版的？」

「對啊。」

「妳有興趣的話可以去買文言文版的來看，原文沒有經過翻譯，才看得到一部作品的菁華。妳老哥小學三年級就看完文言文版的三國演義了。」我忍不住又在和妹妹吹噓自己的光榮史，其實那些都是爸爸的功勞。

從小爸爸就鼓勵我多閱讀，他往往先說一小段故事給我聽，引起我的興趣，然後再帶我去書店買書，要我看完了說故事給他聽，我看完後準備要說故事了，他又說看白話文的沒有什麼意思，又帶我去書店買文言文版來讀，就這

樣子，他帶著我看完了文言文版的很多著作，從四大奇書，到戰國策，東周列國誌，征東征西記，水滸後傳，七俠五義，小五義，兒女英雄傳，儒林外史，金瓶梅，大明英烈傳和文言文版的史書如史記，三國志和資治通鑑。

「找一天哥哥帶你去書店，買聊齋異誌的文言文版給你看。」我輕輕地撫摸妹妹的頭髮，我並不強求她有和我相同的興趣，但也希望她能多閱讀，能有好的語文基礎。或許她就是少了個陪她讀書的人吧，我深深地感到自己有這樣的責任。

我們到了靈骨塔，太陽才剛剛露出臉來，我們找到祖父的牌位，發現祖母和大伯一家人早已在那裡準備了，妹妹找到了她堂姐陪她聊天，我就附近走走，想想事情。過不久，四叔和小叔一家人也陸續到了，祖母的眼光在她的兒子們身上掃過，一次，兩次，三次，又望著祖父的牌位愣了一會兒，才輕輕地說：「可以拜了。」

在祖母和大伯一家人拜過以後，二姑遞了三柱香給我說：「跪下去拜祖父，請他保佑你考得好成績。」我接過了香，在祖父的牌位前跪下，閉上眼睛默念：「祖父，我是您的孫子韋地，我會努力學習，每天檢討自己的言行舉

止，出入時小心安全，注意自己的身體健康，請您不必擔心我。」我把香插上，二姑再遞給我三柱香，說：「替你爸爸拜。」我接過了香，閉上眼睛默念：「祖父，爸爸現在在國外工作，工作很忙，負擔也重，日常生活又沒有人照料，請您務必保佑他身體健康，出入平安，同時也希望他能多一些時間回來，讓我們一家人再聚聚。爸爸不在，我會照顧媽媽和妹妹，請您保佑我能順利地分擔些他的責任。」我替爸爸插了香，感覺到了肩膀上重量。

我站起身來，走到一旁，靈骨塔內的煙熏得我流下兩行淚來，回過頭去看妹妹，她插了香，然後再接過另外的三柱香替媽媽拜，她閉上眼睛拜了很久，我想她一定和我一樣，有好多事情想請祖父保佑。

「妹妹，你知道美國的首都在哪裡嗎？」記得在從前，爸爸一有機會常常就會問我一些問題，範圍很廣，科學歷史地理人文美術音樂，很多時候我是答不出來的，但爸爸告訴我答案後，我就懂了很多。

「我知道，紐約。」

「錯了，是華盛頓。澳洲呢？」

「悉尼。」

「錯了，是坎培拉。西班牙呢？」

「應該是巴塞隆納。」

「錯了，是馬德里。埃及呢？」

「不知道。」

「葡萄牙呢？」

「不知道。」

「俄羅斯呢？」

「不知道。」

「西班牙呢？」

「不知道。」

「剛剛已經告訴過妳是馬德里了怎麼還不知道？」

「我為什麼要知道？我都不需要知道，我知道馬來西亞的首都是吉隆坡就夠了。」妹妹一副無所謂的樣子。

「什麼叫不需要知道？」我的音量大了起來，「這些都是常識，你以為你懂很多了嗎？你以為你很行了嗎？不知道就要去問，就要去學，一點求知欲都

沒有像什麼樣子。」

妹妹嘟著小嘴，不再講話，我也轉過頭去不去理她，一方面又氣又擔心她不知進取，一方面責怪自己怎麼一點耐心也沒有，如果爸爸在，一定可以好好地教懂她這些道理吧。

回到家，妹妹一語不發地走進她的房間，我坐在客廳的沙發翻了一會兒報紙，就輕輕地走到她的房間看她在做什麼。妹妹坐在書桌前，認真地讀著一張紙，我走近了些，發現那是爸爸寫給她的信，心裡有股放鬆的寬慰。記得上了初中後，我開始沒有和家人住在一起，爸爸寫了封信給我，我寂寞還是不開心時，就躺在床上拿出那封信來看，雖然裡面只是很平常的問候語和叮嚀，卻給我很多的感動，提醒自己要學好，要求上進，不能讓父母失望，不要讓父母操心。我現在才發現爸爸永遠都在 我和妹妹的心裡陪伴著我們，指引我們走上正確的道路。

晨陽透過窗戶照在我身上，我寫了封信給爸爸，期待那個國度的太陽昇起時，爸爸讀這封信的微笑。

我愛我妹

「上次我去喝喜酒聽到一位女生上臺唱歌，唱得很不錯噢。」戴著黑框眼鏡的邊說邊喝著他手上那杯熱奶茶。

「有唱得比我妹好嗎？」

「那當然沒有啦，不要誰都拿來和你妹比嘛。」

英國的氣候讓人憂鬱得可以，我的心情隨著房間裡暖氣的開關忽冷忽熱，像洗三溫暖般沉悶。一個人坐在地下室的房間裡，有種自己被關在一個密室裡的感覺，想放聲大吼，趁著假日，去市中心搬了兩個超大類似從前中學時禮堂用的喇叭，和兩支麥克風回來，在自己的房間裡開自己的演唱會。

從小時候有記憶開始，可能是因為老媽很會又很愛唱歌的緣故，家裡就有個卡啦OK伴唱機，還是放錄影帶的。我國小三四年級的時候，也許是因

為遺傳的緣故吧，那時的我就很會唱了。記得有次和老媽一起出席結婚宴會時，被親朋好友拱上臺，我們母子倆就一起在臺上唱〈風吹來的砂〉，「風吹來的砂，落在悲傷的眼裡，誰都看出我在等你。」所以在我記憶中，這一直是一首很快樂的歌。

那時的老妹還很小，還在念幼稚園，小時候的她，做什麼事都愛和我一起。「媽媽，今天我要和哥哥睡。」那時原本睡在老媽房間的老妹常常和老媽這樣要求，老媽一看我們兄妹倆感情這樣好，就很開心地讓老妹到我房間裡打地鋪睡。「媽媽，天氣很熱，我們要開冷氣關門睡，可不可以？」老媽看我們兄妹倆這般相親相愛有福共享當然是沒問題。

我們兄妹倆開著房間裡的小燈，在床上躺了半個小時，我轉過身來問老妹：「韋佳，妳睡著了？」

「沒有啊，哥，趕快，我要看你玩古代人。」

「好的，趕快，妳用抱枕擋住門。」我從床上起身，確定老妹把門縫都用抱枕和枕頭都擋住了才開了燈。我小心翼翼地開了電腦，「趕快，把棉被拿來。」，因為電腦剛開機時會有聲音，我和老妹兩人便用棉被把電腦主機蓋

住。一直到開機完成後，進入DOS系統後，我們才放下棉被，開始玩當年在台灣很受歡迎的一個遊戲《仙劍奇俠傳》。

大約玩了一個小時左右，「明天我們還要上課，睡覺吧。」我和老妹才關機關燈，拿回自己的抱枕，蓋好棉被睡覺。我和老妹兩人就這樣常常晚上爬起來一起玩古代人，玩了兩年多，直到我小學畢業，也不是《仙劍奇俠傳》這個遊戲真有這麼耐玩，而是我後來玩的其他遊戲，像是《金庸奇俠傳》、《三國志》系列等，都千篇一律變成老妹口中的「古代人」。

有次假日在家裡沒事情做，我便放了張學友九五年臺北演唱會的伴唱帶，自己在客廳裡唱歌過過癮，我一首《一路上有你》都還沒有唱完，老妹便來湊熱鬧。「我也要唱！」她就放了她生日時，求老媽買給她的《精選兒歌卡啦ＯＫ全集》，搶了麥克風，開始唱她的主打歌《兩隻老虎》。

過了好一會兒，我只看見她的嘴唇在動，根本沒唱出聲音。

「妳得唱大聲一點吧？」老妹只是動著嘴唇，沒出聲音。

「妳唱給螞蟻聽嗎？」老妹還是沒出聲音。

「妳在對嘴嗎？可是沒有歌聲給妳對嘴啊。」老妹繼續只動嘴唇不唱歌。

「妳不要唱那就給我唱啊！」我一手便搶過她的麥克風，剎那間，老妹便號啕大哭，跑去找老媽告狀。

「媽媽，妳人最好了，哥哥欺負我，不讓我唱歌。」

「是她自己不要唱的。」

「你做哥哥的要保護妹妹要讓妹妹啊。」老媽一如往常地站在老妹那邊教訓我。

我覺得很委屈，便破口大罵老妹：「林韋佳，妳每次亂告狀，只會拍老媽的馬屁，妳這個馬屁精！」

「我只做媽媽的馬屁精。」

後來我們一家人回到了馬來西亞，我和老妹念不同的學校，在不同的地方住，我和她漸漸地變得越來越不熟，因為變聲的關係，我也漸漸地變得不會唱歌了，有時連講話都會走音。

我在房間裡開一個人的演唱會，開場曲，我想先來一首我覺得音不大高的歌，開開嗓，熱身一下，便唱了周杰倫的《不能說的祕密》，不曉得是太久沒唱還是怎樣，總覺得唱得不大順，到副歌部分感覺都是在用吼的，雖然這樣是比較有搖滾氣息，可是卻驚動了在樓上讀書的兄弟。

「兄弟，你這兩個喇叭會不會太誇張一點？」

「會嗎？兄弟，要不要來男女情歌對唱？我有兩支麥克風。」

「這樣誰唱男生部分誰唱女生部分？」

「當然是我唱男生部分妳唱女生部分。」

「唱女生部分很娘，我不要。」

中學畢業後，我才搬回檳城，距離上次和老妹住在一起，已經隔了六年。長大後的她，做什麼事都要和我不一樣，我念獨中她就去念國民型，我念理科她就念商科，她開始會去買自己愛玩的電腦遊戲，不再玩「古代人」了，她當然也不會和老媽吵著要來我房間和我一起睡覺了。

不知道從什麼時候開始，老妹突然變得和老媽一樣，很會又很愛唱歌。

記得有次我們全家一起出席結婚宴會時，親朋好友又一如往常地拱老媽上臺唱歌，但當天老媽上了一整天的班，覺得很累又沒什麼心情，就只好找老妹和我代打，我們兄妹倆就一起在臺上唱〈梁山伯與茱麗葉〉。這首歌慘就慘在是男生先開始唱，我一開始就進不到Key，但幸好有老妹撐場。

「為什麼你還是不言不語，難道你不懂我的心」老妹一開口全場就驚為天人，但整首歌還是被我一直走音的「I love you」給毀了，連臺下新娘都忍不住一直在暗笑。好不容易唱完下臺，親朋好友便紛紛向老媽祝賀，恭喜她後繼有人，也順便稱讚我勇氣可嘉。「林韋地，」要回位子坐好前，老妹叫住我，我知道她不叫我哥而叫我名字時，下一句通常都沒什麼好話，「你唱歌真的很難聽耶。」從此在我認知裡，〈梁山伯與茱麗葉〉一直是一首很悲傷的歌。

老妹念中學了當然開始有很多她自己的朋友，就不大愛理我，有時她會和她朋友去紅盒子唱歌，叫我開車載她去Gurney，每次我都問她可不可以跟去，唱唱歌順便認識漂亮小妹妹，她每次都回答我說我長相恐怖，歌聲更恐怖還是不要帶出家門丟人現眼。

終於有一次給我逮到機會，學校放長假，老妹一時技癢想去唱歌，但是她的朋友們都另有節目約不到人，老爸在國外沒回來，老媽忙著和外公打麻將，她在別無選擇之下，只好勉為其難地和我兩個人去唱歌。一進到包廂才坐下來，老妹的手指就沒在遙控器上停過，一口氣點了十幾首歌，點完了，便很專業地蹲在前面調背景音樂和麥克風的音量和回音的大小，然後開始一首接著一首唱她點的順子、蔡健雅、孫燕姿，唱得還真好聽。

我看老妹這麼強，我這作哥哥的也得輸人不輸陣，展現一下我的歌唱實力，第一首歌我想先唱一首我覺得音不大高的歌，開開嗓，熱身一下，便唱了周傑倫的〈開不了口〉，不曉得是不是因為太久沒唱卡啦OK了，還沒唱到副歌部分，我就感覺要發出聲音都很勉強了，喉嚨很痛。

「林韋地，」我心想又要被老妹虧了，趕緊做好心理準備，「你這不叫開不了口，你這叫唱不上去，你從頭到尾都在破音嘛。」

「破音？那應該怎麼辦呢？」我一邊按摩我疼痛的喉嚨一邊回答她。

「你真音唱不上去，就不要硬拉，會破，用假音。」

我向老妹比了一個沒問題，瞭解的手勢，第二首歌我決定唱古巨基的〈傷

追人〉，心想紅盒子既然是香港人開的，唱廣東歌應該會比較佔有天時地利人和的優勢，這一首一定可以唱得不錯的。結果的確是比較順利，用假音很輕鬆地唱完了，喉嚨也不痛了。

「林韋地，」我臉一陣鐵青，等著聽老妹說什麼，「你這不叫傷追人，你這叫嚇死人，你從頭到尾都在用假音嘛。」

「用假音，有問題嗎？」

「你整首歌都用假音，一個真音也沒有，聽起來很假、很噁、很娘、很沒有感情啊。高音的地方用假音，比較低音的地方還是要用回真音。」

我向老妹比了一個有信心，做得到的手勢，第三首歌我決定唱陶吉吉的〈愛很簡單〉，心想這句歌是自己當年初戀時聽的，那時聽了就很喜歡很有感觸，自己來唱一定也會很有感情，而且這首歌前面主歌比較低，後面副歌比較高，正適合展現我真假音轉換的功力。整首歌一唱完，我就覺得自己果真選對歌了，如果現場有其他小妹妹在場，聽了我這首動人的情歌一定會瘋狂地愛上我的。

「林韋地，」我背已經開始冒冷汗了，我唱得這麼完美，老妹不會又有意見吧。「愛對你來說可能真的很簡單，可是唱歌對你來說似乎真的很困難耶。你真音這麼大聲，假音卻又這麼小聲，是要唱給螞蟻聽嗎？還是你以為你在對嘴？你都沒有聲音給你對嘴嘛。」

「那唱歌，到底是要如何呢？」

「你要學會運用你的麥克風，你唱真音大聲，麥克風就拿遠一點，唱假音小聲，麥克風就拿近一點。還有，你應該站起來唱，用全身的力，蹲低一點，多用丹田而不是喉嚨，這樣真音也會唱得比較高，尾音要控制好，不要輕易草草放掉，還有，最基本的，音要唱準拍子要抓準嘛。」

我已經感到心灰意冷，萬分沮喪，也許唱歌是要一點天份，也許我這輩子都學不會唱歌了。可是我又轉念一想，可能男生的歌並不適合我，如果我唱女生的歌說不定會很好聽，為了證明這理論是對的，我就點了首不只是一個女生，而是三個女生的歌，SHE的〈他還是不懂〉。結果，我才唱兩句，老妹就搶過遙控器把歌給切了。

「林韋地，」我心裡有股想哭的衝動，我可以感覺真情的淚水已經在眼眶

裡打轉。「你根本就還是不懂唱歌這一回事嘛，你現在唱的是女生的Key耶。」

「唱女生的歌當然是唱女生的Key啊，有錯嗎？」

「你男生怎麼唱女生的Key？前面主歌就唱這麼高，後面副歌唱得上去嗎？你要唱適合你自己的Key嘛，所以你一開始就要降Key啦，男生唱女生的歌大概降四個Key就剛剛好。」這一番折騰下來，我已經沒什麼心情也沒什麼聲音唱了，剩下的兩三個小時就讓老妹表演開個人演唱會。

「哥，」唱完歌付了錢走出紅盒子，老妹突然叫我哥，沒叫我名字，感覺怪怪的，我便眼神呆滯地望著她，「我剛剛聽了你這麼難聽的歌聲，精神上受到很大的傷害耶，你要賠償我。」

「怎麼賠償？」我看是我受到的精神傷害比較大吧。

「鞋子一雙，衣服一件，包包一個！」果然是在打我的歪主意才叫我哥。

兄弟和我借了一個隔音降噪效果良好的耳機後，便上樓繼續讀他的書。我回憶起老妹教我的唱歌技巧，複習一下，真音唱不上就用假音，真假音要切換，運用麥克風調整音量，需要用真音唱高一點時就整個身子蹲低。一首接著

一首唱下來，越唱越順利，越唱越有心得，偶爾用電腦降低四個Key，唱一下女生的歌，練一下自己的音準。我一個人沒有聽眾的演唱會這樣唱下來，覺得自己的歌藝也進步不少，老妹果然沒有騙我，教我的祕訣果然有用，想起當年她問我如何讀書準備考試時，我只告訴她，「妳只要考試前默念我的名字三次，林韋地林韋地林韋地，就行了。」只覺得有些慚愧。

記得在很小很小的時候，老媽問我生一個弟弟還是妹妹陪我玩好不好，我一聽就很興奮地說好啊好啊。過不久老媽就懷了老妹，據老爸說法，和我一樣，這完全是在他的計劃中。老媽的肚子漸漸大了起來，那幾個月，每晚睡覺前我就躺在老媽肚子上聽老妹有沒有動來動去，還是發出奇怪的聲音。老妹要出生前，全家人還特地坐飛機從台灣回到檳城，在南華醫院待產。

不過在那時候，我好像就已經很會吃老妹的醋了，在一天陪老媽去產檢，從醫院回家的路上，天空突然下起大雨，老媽沒帶雨傘，我們母子倆，就被淋成落湯雞，我就對老媽說：「媽媽，妹妹真好，她在妳肚子裡，都不用淋雨。」

老妹出生慢慢長大以後，每次我和老妹吵架搶玩具，或是老妹不聽話被老

媽修理時，老媽都會對我撂一句狠話：「當初是怕萬一有天我和你老爸走了，你一個人活在這世上會很寂寞才生一個妹妹來陪你的，麻煩你照顧好自己妹妹管管她，好不好？」過去這二十年來我心裡就一直覺得，自己彷彿必須要為妹妹的存在負最大的責任。有時我好希望自己能成為全世界最瞭解她的人，日後就算有天她做了什麼，不告訴老爸老媽，也會告訴我，或者老爸老媽不支持她，我也會挺她。

老妹小時候很喜歡玩扮家家酒，她總是幻想是廚師，家庭主婦，還是護士，每次都躲在一個角落和她的洋娃娃弄東弄西的。有一天，老妹突發奇想，立志要當理髮師，她就拿起剪刀，幫她的洋娃娃修剪頭髮，可是一個月後，她卻跑去向老媽哭訴：「媽媽，我剪了洋娃娃的頭髮，結果她頭髮長不出來，她現在沒有頭髮了。」

「洋娃娃的頭髮又不是像妳的頭髮是真的頭髮，當然長不出來啊。」老媽看老妹這樣難過，便輕聲細語地安慰她，說改天再買個新的洋娃娃給她。

第二天老媽下班回家時，卻發現老妹原本很漂亮很好看的瀏海中間缺了一塊，整個髮型像是被撞斷門牙的兔寶寶。

「妹妹，妳的頭髮怎麼會變成這樣？」老媽以她神經科醫生專業的直覺，開始擔心為什麼老妹會莫名奇妙落髮。

「我的頭髮是真的頭髮，長得出來的，所以我把它剪了。」老妹回答時一副很聰明很有悟性的樣子。

接下來的幾個月，老妹就一直頂著她那沒門牙兔寶寶髮型，直到她那真的頭髮長出來為止，老媽每次一看到她的頭髮就受不了一直碎碎念，但身為她的哥哥，我真的發自內心瞭解，老妹剪自己頭髮決定自己髮型的強烈意願，老媽這樣一直念她，太不尊重老妹的基本人權了。

老妹小時候也很喜歡看卡通，她那時最喜歡的一部卡通是《美少女戰士》，所以那時她整天說要代替月亮懲罰我，有天我們一家四口在客廳看電視，老妹便突然向老媽撒嬌：「媽媽，我要改名叫林小兔。」

「林韋佳很好聽啊，為什麼要改叫林小兔呢？而且那個林小兔在卡通裡每次都考零分噢。」

「我不管，我就是要改名叫林小兔！」

「妳吃錯藥啦？好好的名字幹嘛要改啦！」老媽看老妹這樣無理取鬧，也開始發起脾氣來。

「我不要叫林韋佳！我要叫林小兔！」老妹就開始大哭大鬧，一直重複這句話，老媽怎麼好言相勸，怎麼生氣罵她，她都不聽，堅持要改名。

「好啦好啦，不要哭了，明天帶妳去戶政公所改名。」個性溫和的老爸坐在旁邊也看不下去了，聽老爸這樣說，老妹才停止了哭鬧，帶著悲情的淚水上床睡覺。

結果隔天睡醒，老妹自己卻忘記了這回事，老爸老媽當然也絕口不提，所以老妹到今天還是叫林韋佳，不是叫林小兔，但身為她的哥哥，這許多年來我心裡很支持老妹當年要正名的決定，覺得老爸老媽當年實在是太專制太不民主了。老妹長大後成績也一直都很好，從前都沒有考過零分，她考得最差的一次，滿分一百分，她都還有二十九分。

我希望自己能做一個瞭解妹妹，支援妹妹的哥哥，所以我所有事情都對老妹很坦白而誠實，希望她也會對我坦白而誠實。

「老哥，你十五歲時是不是替你小學班上一個女生寫了一萬多字啊？」上次從英國回家渡假，開車載老妹去學院參加新生入學儀式的路上，她突然問我。

「是啊。妳現在有沒有男朋友？」

「老哥，你第一個女朋友是不是在大山腳念中學時交的啊？」老妹沒回答我的問題。

「是啊。妳現在有沒有男朋友？」

「老哥，你最近是不是和你那在美國太空總署上班的女友分手啦？」老妹還是沒回答我的問題。

「是啊。妳現在有沒有男朋友？」老妹最終仍沒回答我的問題，可是她告訴我一個，兩年前，她和她中學朋友之間的對話。

「上次我們去比賽的那間學校有個男生想要認識妳噢。」我老妹的朋友下課時在班上對她說。

「妳覺得他有比我哥聰明嗎？」

「不懂，應該沒有吧。」

「那就叫他死心吧。」

在我英國首場個人演唱會的尾聲，我唱了一些男女對唱的情歌，當然，只有我一個人，沒有女生和我一起唱，可是我仍一次又一次地練著男生的部分，希望有天我回家找老妹唱歌時，能讓她覺得我進步了，希望有天我能有機會，和老妹一起再站上臺和她合唱一首歌，而到時我的歌聲不會再讓她丟臉。

「上次我上網看臺灣選秀節目看到一位女生上臺唱歌，唱得很不錯噢。」

在新加坡與好久不見的ㄅ飲茶閒聊時，他邊喝著他手上那杯紅酒邊說。

「有唱得比我妹好嗎？」

小姨媽

無意間在FB看到小姨媽的全家福，一家四口都戴著海盜的眼罩遮住一隻眼，很可愛也很溫馨。

我有好幾個姨媽，但小姨媽這三個字是不同的，在我生命中有一段時間這是媽媽的同義詞，事實上我也叫她媽咪叫了很長一段時間。小時候因為父母親在台灣工作的關係，我是在檳城跑馬園的外公家長大的，那時候小姨媽應該才十八、十九歲吧，是個超級無敵大美女，中學畢業不久，就負起照顧我的責任。

小時候的事情其實我不是記得非常清楚，但每個關於兒時的記憶片斷裡，都會有小姨媽的存在。記得小時候常便祕，整天喊肚子痛，所以每天到了固定時間，小姨媽就會拿著一個兒童用的便桶，讓我坐在餐桌旁嗯嗯。不開心，吵著要gaigai的時候，外公就會開車載我們去兜風，到Gurney看海，我每次在車上都會做一些好笑的事，不是在數著後面車子的車牌，就是問飛機有沒有雨刷。

最喜歡的遊戲是和小姨媽隔著前座玩捉迷藏，小姨媽會一直說「韋韋，眨~韋韋，眨~」，逗我笑得很開心。

那時小舅舅在光大有間自己的店，我們常一起到他的店裡去聽歌，跳Michael Jackson，那時我和表弟兩個人很調皮搗蛋，還會到隔壁的服飾店裡掀假人的裙子看她有沒有穿內褲，到小姨媽來修理我們才落荒而逃。玩完了沒有車坐，小姨媽就帶我去光大底層的巴士總站等黃線巴士，沒有冷氣，很熱，但很開心。

有人疼的孩子是幸福的，我生命中拍過很多照片，最喜歡的其中一張是小時候和小姨媽的一張合照，放在一個心型的相框裡，小姨媽超漂亮，旁邊的我也顯得很可愛，記得她看到那張照片後說過我小時候真的太可愛了，可惜長大後變成這樣，不然會想要幫我生小孩的。我想我總是感恩的，因為擁有了滿滿的愛，日後才懂得去愛別人。

一直到我三四歲的時候吧，小姨媽才帶我坐飛機到臺北和爸媽會合，我只記得那時坐在車上，覺得臺北的路都好寬好大，昏黃的畫面裡有個在我頭頂上的紅綠燈。見到老媽時，老媽第一時間便想要抱我，但我只覺得眼前的這

個人好陌生，小小的心靈裡升起一股莫名的恐懼，便哭了起來，大叫「我要媽咪」，回到小姨媽的懷抱裡，當我哭完了回頭望時，發現老媽也哭了。

那是我人生中第一次看見自己的媽媽哭。

隨著慢慢長大，漸漸地我也開始明白原來小姨媽和媽媽是兩個不同的人，但我還是一直叫小姨媽「媽咪」，一直到我大到也不會叫自己媽媽「媽咪」為止，然後我就叫她姨媽，叫別的姨媽前面才要加數字，只叫姨媽時就是在叫小姨媽。每次從台灣回到檳城，小姨媽有在時我一定都和小姨媽膩在一起。很多時候我覺得小姨媽對我就好像對自己兒子一樣，只是和令人敬畏的老媽不同，小姨媽總是和顏悅色，看到我時總是露出陽光般的笑容，很多時候她更像是一個朋友，什麼話都可以跟她說，但又我總是在乎小姨媽對我的看法。記得小學時有次閒聊時不小心和小姨媽說我在學校考試時偷看，小姨媽聽了就立刻收起笑容，很嚴肅地問我「怎麼可以作弊？」幸好那時我夠鬼靈精怪，說「我只是左腦偷看右腦而已啊」，才應付過去。

人活在這世界裡很難完完全全不說謊，但至少那時候開始我知道欺騙是不對的。

後來小姨媽結了婚，有了自己的小孩，自己的家庭，大家相聚的時間也沒有以前那麼多。記得有次小姨媽全家回到檳城跑馬園外公老家，或許是因為太久沒和我聊天了吧，怕冷落了我，小姨媽就和我說等下晚上我們兩個人出去吃東西聊聊。嬰兒總是需要很多的關注，雖然最後因為要照顧小表弟沒有成行，但那份怕我受到冷落的心意，我一直放在心上。只是小姨媽越搬越遠，吉隆坡，新加坡，到杜拜，我自己也出國留學去了，大家要在檳城見個面也變成一種奢求，雖然不再能去瞭解對方生活裡的細節，但我們還是希望對方能過得很好吧。

在馬來西亞這樣八卦，三姑六婆這麼多的社會裡，一個孩子在成長的過程中，做什麼事都要用受到一堆長輩的指指點點，尤其是像我爭議性這麼強的人，但從小到大，小姨媽從來沒有批評過我一句，無論我做什麼，她總是聽我說，無條件支持我，站在我這邊，只有一次，她很認真地跟我說千萬不要娶個馬來女生回家，要想到自己的家人。所以，每當我需要人支援時，我總是第一

個想到她，交女朋友有機會也先帶給她看，她就會幫我再去跟老媽和其他家裡的人說很多好話。

在世界隨波逐流了二十多年，外公過世也已經快兩年了，所謂幸福，就是家人能夠常相聚，像從前一樣開開心心，熱熱鬧鬧地一起坐下來拍張全家福，吃頓團圓飯吧。

會有那麼一天的。我在心裡如此期盼著。

大舅舅

每個男孩小時候都喜歡和自己的男性長輩親近，像個小跟班般在他身旁團團轉。

從小到大有很多時間都是在外公家裡渡過的。我們家陰盛陽衰，除了自己老爸以外，有血緣關係的男性長輩就只有外公、大舅舅和小舅舅。小時候覺得外公很兇，很愛罵人動不動就拿出一根藤條要修理我，每次在外公面前出現時我都加倍小心不要惹禍。小時候印象裡小舅舅都在上夜班，白天時大部份時間都躲在他自己的房間裡睡覺，很少看到他出現。

所以小時候大舅舅就成了我最親近的男性長輩。和嚴肅又有點木納的老爸不同，大舅舅總是不按牌理出牌，風趣幽默又愛搞笑作怪，會和我們小孩子一起玩，動不動就把我舉起來坐在他的肩膀上，一點都沒有長輩的架子。每次一

家人出去，當家裡的女人都忙著逛街買衣服的時候，大舅舅就會換好零錢帶著我和表弟到百貨公司的頂樓去打電動玩具。一家人一起出去旅行或渡假時，大舅舅也總是會帶我們去玩，跳進泳池裡游泳或找個空曠的草地踢球。大舅舅是道地的檳城人，檳城哪裡有什麼好吃只要問他就對了，牛肉粿條，後巷的雲吞麵，早市的鴨飯，所有我會開車載女生去吃的美食，都是因為之前大舅舅帶我去我才知道的。

小時候大舅舅是我心裡男性的典範，印象中大舅舅沒有說怕的時候，什麼都敢做，什麼都敢玩。一家人出去，他也總是帶頭開車認路的那個。家裡有什麼壞了要修找大舅舅，想去買台電腦怕帶太多現金在身上不安全找大舅舅。小時候心裡覺得大舅舅會的東西好多，會打羽球，會游泳，我這人沒什麼運動天份，只覺得大舅舅好厲害。

在我還是小孩子的時候，覺得大舅舅是個有行動能力的超級玩伴，會陪我們看球陪我們打電動，開車帶我們出去幫我們付出。長大了以後，覺得大舅舅是個很關心自己的好朋友，常常時不時就把我拉到一旁聊天，和會苛責我的長輩不同，大舅舅雖然平常脾氣很壞，卻從沒罵過我，總是好好跟我說。他會去

籃球場看我打籃球，跟我說該切的時候就要切不要害怕。我去修車時會和我說哪裡要注意不然給別人佔便宜，出車禍時要告訴我在高速公路哪裡什麼情況下不要開太快。記得剛開始學開車時，總是被老媽罵得像豬頭一樣，但大舅舅坐我旁邊時總說他信任我，然後就放下椅座呼呼大睡。

和大舅舅的對話裡，印象最深的一次是在上大學之前時候。在知道去不成台灣之後，老媽找大舅舅載她和我到吉隆坡的IMU看看。在這之前的六年，我都一心以為自己會回到台灣去。之前又曾老媽說過，她不大喜歡新的PBL式教學，還是傳統的醫學院教學基礎打得比較紮實。所以那時的我對去IMU這件事感到很抗拒，不想自己的未來被草率決定，如果真的台灣比較好，為什麼不等兩年再去台灣拼過。因為這樣所以和老媽鬧得很僵，兩人冷戰不說話。記得那時在IMU外和大舅舅聊了很久，大舅舅很委婉地說醫學的東西他不懂，可是我就來念念看也沒有什麼損失，人生很多時候很多事情不可能都照著自己預期中的進行，如果一條路不通那就換一條道路。

去了英國以後，好幾次回家，都是大舅舅來機場接我。當很多人都以為我出國留學好吃好玩好住好輕鬆時，大舅舅卻能明白我的苦，他說他年輕時待過

歐洲，也覺得歐洲實在太無聊生活太苦悶東西實在是太難吃了。舅舅也總是看穿我心思，說破我一下飛機就是迫不及待要去找女朋友。

外公過世之後，對大舅舅多了一種特殊的情感，總覺得可以在他身上看到外公的影子。從前外公會做的事，現在家裡都他在做。點香拜神，泡茶，打麻將，和老媽共用外公的壞脾氣，為了一點小事就大聲罵人。每次照鏡子時我都在想，搞不好自己身上也有大舅舅的影子，慘的是，我連他年紀輕輕就不幸禿頭這點也像個十足十。

從男孩成長為一個男人是一個漫長的過程。老爸教會了我讀書，但大舅舅教會了我很多讀書之外的事情。人生第一次看青少年電影，也是和表弟兩個人趁家裡沒人時，去偷大舅舅衣櫃上的珍藏來看。

不懂林韋佳以後會不會有兒子，如果有，那我也要當一個像大舅舅那樣的舅舅。

在中學的時候我一直以為中學畢業後我就會回到台灣念大學，一直到畢業前夕，才發現因為在台灣念過小學不具僑生資格而沒法回去。記得那時在學校哭了很久，不明白為什麼同校的台灣生可以直接發回台灣念大學，自己不行。

因此我在馬來西亞待了多三年，來到了吉隆坡。吉隆坡和檳城有很大的不同，檳城是個馬來西亞華人的桃花源，吉隆坡作為國家的首都，政治和經濟的中心，更大程度上反應了國家整體的現況，來到這裡我發現自己才正要開始瞭解馬來西亞這一回事。

看不見的城市

我的大學同學大都是馬來人，印度人和受英文教育的華人，華文獨中同學畢業的我在大學裡是極少數。我生活裡說英文的時間開始要比華文還多得多，說華文的自己突然變成一個很私密的部份。

但繁忙，蠢蠢欲動，追求一個更公平更民主社會的吉隆坡，總讓我想起小時候的臺北。

也曾匆匆地經過原野，但我的目的地總是城市。人可以因為不同的理由而來到一座城市，或者是因為錯過一班飛機，或者是因為想見一個人，想表達一些自己的想法，想穿上某種顏色的衣服，想找人陪自己唱一首歌，想隨波逐流。有些城市太久沒去就會覺得很不自在，怕不知不覺變得陌生，自己不再屬於那個城市。

請不要擺出一副很瞭解我的姿態，因為妳並沒有。

每座城市總是有它獨特讓人在記憶中得以辯識的地方，空氣污染指數而變動的氣味，人行道上垃圾的數目，或是路上總是出現某個牌子的車，或是天空的顏色。總是會無意間走過曾經牽著走過的足跡，或望見那個擁抱過的角落。因為背景裡總是會有個她，所以我要更正自己，城市是她而不是它。

有時我抱緊自己，假裝是妳。

在陌生的城市閒逛著，這次沒有人帶著我走。忘了多久沒有好好地坐下來閱讀，可能我只是需要一個能逃避時間的空間。至少抬頭看得見光，而不只是提醒自己這世界其餘的流動。

愛情沒有標準性，只有地域性。

在七月，我看不見那座被圍起來的城市。

於是天空下起雨來。

你覺得什麼都沒有改變

你可能覺得什麼都沒有改變，堅定如一的步伐只是一時意氣，燃燒生命所發出的吶喊，只是一時熱血，在下了一陣刺痛的雨以後煙消雲散。那不過是一種情緒和憤怒而已啊，你說，不曾搬家的你還是弄不清楚自己的選區，象徵著民主的墨汁仍是會褪色，住在後巷那一百三十八歲的阿伯，仍將繼續長壽下去。

你或許覺得什麼都沒有改變，野蠻的人繼續野蠻，說謊的人繼續說謊，將人銬上手銬的人沒有能力解開手銬，這是一種本來就沒有退路的警示，被銬著，掙扎著，盼望那一口不曾到肺裡的氣，到死為止。這一切都不是真的，你說，淚與水離醫院還有幾光年遠的距離，真的，你不相信自己所看的，影片可以經過剪輯，照片只是角度問題，真相只有一個，真的，你小心翼翼地端著那一碗飯，深怕一不小心打破了，禱告，宣誓你只聽得到權力和與權力妥協的聲音，利益混合著恐懼吞下，吃得下飯便是平安，你說。

你仍覺得什麼都沒有改變，你的孩子上了報，是一件光榮的事，即便不是因為成績優異或做了什麼了不起的事，像拍張大合照一般，孩子們被人排列整齊，對著照相機微笑，在還沒長高到看得到那座被圍起來的城市以前，乖巧地，循依著指導，說著關於那城市的一切。可惜這不是畢業典禮的場合，但這份剪報，會是張沉重的證書，像白紙上的一個黑點，或許有天他們看到自己靈魂上光榮的印記時，想用力擦去，卻發現怎麼都再也擦不掉了。不要再說了，你說，抱歉，也是，這原來其實都是隱喻。

你不確定到底什麼被改變了，你將你的頭埋進沙堆裡，在心中默念著無數次，要對自己所受的教育忠誠，要對廣告牌上的微笑忠誠，要對自己所受的暴力忠誠，真的，祂就是國家，國家本來就是祂的，你不想爭些什麼，或許能公平真的很好，但那太遙遠了，祂都說了，真的，有這樣的念頭的人根本寥寥無幾，一切都只是因為算計，你甚至看不到那傳說中的顏色，你不想成為那倒楣的一個，你不要麻煩，你只想過日子，祂想要什麼便拿去好了，這個世界的規則本是如此，你只是想要在這世界活下去而已，沒什麼比活下去更重要。是

的，你堅定了信念，你抬起頭來，清了清滿臉混合著淚水的沙子，望著天空，這個世界，與昨日，一點都沒有不同。

你覺得什麼都沒有改變，是的，那就什麼都沒有改變了。

車禍

幾個星期前出了場車禍。雖說我這生多災多難，不到九歲就開了兩次刀，也曾在打球時撞傷頭部失去意識，但這應該還是我這輩子離死亡最近一次。

那是在南北大道上，我從芙容開車回檳城，在Tapah和Gopeng之間，聽著FIR的死心的理由，突然下起大雨，在一個轉彎時，我覺得車子有點不在我的控制下，不自覺地就踩了煞車，結果一踩，我就抓不住向右飛快旋轉的方向盤，車子右前方先撞到路中央的路堤，再像電影情節般飄移旋轉了一百八十度，飛到了路的另一旁，車子後面再撞到旁邊的路堤。

事情發生時我很平靜，以為就這樣了，好像還有很多理想沒有達成，還來不及當個醫生救人，還來不及出我的第一本書，但也沒有什麼好遺憾的，只想著盡量不要撞到頭吧，不要失去意識，通常都是這樣死的。兩次猛烈的撞擊後，飛行中的車子好不容易在路旁停下，我對自己毫髮無損安然無恙感到有點

驚訝，安全帶還是發揮了作用，Honda Accord真是輛好車，保護了我，還見得到老媽老妹，還見得到她。

我的美麗只剩哀愁，Faye的歌聲始終沒有停止過，我還來不及熄了引擎拿雨傘從車裡爬出來，一位拖車行的華裔中年就已經在敲著車窗，叫我趕快出來，不用擔心，他會幫我處理一切，話一說完他就跑到高速公路中央撿我車子散落滿地的碎片。如果救護車也這麼有效率，應該可以救很多人吧。

從車子爬出來後發現，雨真的下得蠻大的，縱使撐著傘，我的身體還是很快就濕了一半，回頭看我的車子，發現已經不成車樣，前面爛了後面爛了右後方的輪胎也變形。原本跟在我後面的一輛BMW也在路旁停了下來，不知道剛剛它是怎麼閃過我的，如果它沒閃過追撞我的車，八成我已經沒命了吧。一位西裝筆挺的印裔青年撐著傘下車走過來問我有沒有事，他說我真的是開得太快了。

It’s a bit too fast really.

印裔青年看到我人好好的後便開車揚長而去。我打了通電話給老媽報平安，她知道我出車禍後她很緊張，便開始問一些頭有沒有撞到脖子有沒有緊頸椎有沒有移位等我知道她會問的問題，我和她說都沒有，我沒事，我很好，只要找人來接我回家就可以了。然後打了通電話給她，然後打了通電話給朋友說不好意思我失約了。

過了不久交通警察也來了，例行公事般地拍照做記錄，用拖車把我那輛壯烈犧牲的車拖走。拖車行的中年男子叫我不用擔心，他會處理一切，同時找來一位巫裔的同事載我去警察局。那位巫裔青年開的是一輛老舊的國產車，我一上車就發現前座的安全帶壞了，我用力地拉了幾下，他說不用綁也沒關係，似乎忘了幾十分鐘前我才靠安全帶保住一條小命。

巫裔青年邊開著車邊叫我留意路堤的顏色灰黑交錯，因為這附近之前曾發生過許多次車禍，路堤經常遭殃需要修補，剛補的路堤漆比較新看起來比較亮，很久沒被撞的路堤漆比較舊看起來就比較暗。不知道算不算是種職業病，他對這裡之前發生過的車禍可說是如數家珍，用一種很平淡的語氣說之前死了多少人，而他的工作似乎就是在這條高速公路守株待兔等待下一個不幸的受害

者。車子下了高速公路，經過收費站時，巫裔青年拿出錢包裝模作樣地說他忘記帶錢出來，我只好掏出十元給他。

到了警察局，我才發現口袋可沒剩下多少現金，感到有點焦慮，走進警局，看到牆上貼滿了反貪污的海報 我才安心少許，值班員警身上也配戴了「我反對貪污」的胸章，一副正氣凜然的樣子，但轉念間，我又在想胸章的反面是不是寫「我只是開玩笑而已」。員警問我需不需要看醫生，我說不用，只是尿急想去廁所。

在放鬆我的膀胱和心情後，員警就開始替我做筆錄，我的馬來文一向不大靈光，這也許關係到民族自尊和國家認同的問題，但做筆錄時才發現我的馬來文沒有我想像中的差，不懂應該高興還是生氣。做完筆錄後警長便帶我到一個房間問話，他其實對我還蠻友善的，和我說了早上一個孕婦被卡車撞死的故事，在問了我的職業和我父母的職業對我又更客氣了，開始和我說起英文來，我其實比較希望他保持原來的樣子。

他開了張罰單，我的罪名是「失去對車輛的控制」，他說如果我沒有撞到路堤，就可以不開罰單，但是因為撞到了就一定要開，我說我理解，如果沒撞

到那就不叫車禍了不是嗎。從警局出來，天色已經黑了，忙著從我忠心耿耿的車上把任何值錢的東西拿下來，早讓它給吊車拖走，心想如果沒出車禍早就到檳城了，卻不小心把FIR的專輯忘了，留在車上。

姨丈過不久後到了，他和修車行的人談了好一會兒，我已經無力去聆聽他們交談的內容了。坐在姨丈的車上一路向北，描述著如何車禍發生，到怡保吃芽菜雞，感受著生命又回到我的手裡，所有事情還是和從前一樣，什麼都沒有改變。

回到家裡時已是晚上十一點多了，本來以為老媽會給我一個熱情的擁抱還是什麼的，結果她已經被嚇壞了，把我臭罵了一頓，罰我禁足到我回英國為止。老妹則根本不理會我的死活像條死豬般呼呼大睡，據說老媽在聽到我出車禍的消息時曾把她叫起來，罵她自己老哥出車禍了還在睡，不過她覺得我車都撞了，她睡不睡覺和我安不安全一點關係都沒有，所以她就心安理得地繼續睡了。

隔天到外公家再一次又一次地重複事情發生的經過，結果其實大部分時間都在聆聽親戚朋友訴說他們自己從前出車禍的故事，似乎每個人在他們的生命中，都至少會有那麼一次和死亡擦身而過的經驗。大部份的人都幸運地活了下

來，有些沒那麼幸運的則離開了我們，但正是因為他們離開了，我反而更記得他們當初的樣子。

收音機頭在談到安全氣囊這首歌的創作時說，許多人在發生車禍或差一點發生車禍，卻逃過一劫大難不死時，都只是說聲好險幸好沒事而已，就又再繼續上路，其實應該走下車子，深深地吸一口新鮮的空氣，俯首親吻大地，用一種感恩的心情來歡慶自己的重生。

I'm born again.

活著多好，活著本來就是一件寂寞的事。

地震

中國近年來盡力發展經濟要擺脫落後貧窮崛起成世界強權，眼看北京奧運倒數在即，卻天災人禍不斷，前天四川省又發生規模將近八級的大地震，已證實死亡人數超過一萬五千人，且此數字還在繼續攀升中，悲觀估計，甚至可能超過十萬。

因小時候在台灣長大，我對地震這回事並不陌生。在台灣，誇張一點的說法，是三個月一小震，五個月一大震，加上我念小學時日本剛剛發生神戶大地震，死傷慘重，搞得在台灣大家也人心惶惶，政府和學校也常常做些減輕地震災害的宣導，那時一有地震，同學們邊紛紛躲到自己的桌子底下。後來隨著年紀漸長，經歷地震的次數增多，班上一些比較調皮搗蛋的男生就開始地震也不躲，故作悠閒狀地坐在自己的位上，笑那些躲進桌子底下的同學是俗辣，結果

在一次地震時，教室裡掛在天花板上的電風扇就掉下來，直接砸在其中一位沒躲進桌子底下的男生頭上，幸好他後來沒事，不過從此我就明白了君子不立於危牆之下的真理，地震不止要躲，還要躲久一點比較安全。

只是地震隨時都會發生，而有時還發生得真不是時候。有次我在打電腦遊戲〈中華職棒二〉，家裡只有我和老爸兩個人，打到九局下半時突然發生地震，震得很厲害，我感到很害怕，就大叫：「爸爸，地震！」。只聽到老爸也大喊：「韋地，不要怕，拿枕頭蓋住頭躲到桌子底下！」，我聽了老爸的話，趕快拿個枕頭躲到桌子底下，這才發現原來老爸在廁所裡沒穿褲子蹲在馬桶上，這次地震足足震了五分鐘之久，老爸也在馬桶上一邊大喊「韋地，不要怕！」一邊搖了五分鐘，只能說父愛真偉大。

離開台灣之後，就沒有什麼地震的經歷了，可是在我小學畢業兩年後，台灣卻發生了九二一大地震。那晚台灣的電話都打不進去，看著電視裡的新聞畫面，家人都很擔心台灣親友的安危，我卻在這時接到看雲的電話，聽到他聲音的剎那我嚇了一跳，趕緊問他有沒有事。他說他沒事，只是家裡停電。那我就再問他這種時候打給我幹嘛，他說：「因為在這個時候，同學裡肯定不會有事

的就只有你吧。」奇怪的邏輯，不過事隔多年後想起，在這麼多年不見以後，他人在台灣經歷大地震，還會關心我人在馬來西亞的安危，真的覺得非常感動，難道這就是傳說中講的「日久見真情，患難見人心」嗎？

在馬來西亞唯一一次地震的經歷，是發生在我念IMU時，印尼發生大地震，馬來半島西岸也有震感。那時我和飛在打著魔獸，打著打著怎麼突然開始覺得整個房子在晃，頭也有點暈，飛就問我：「韋地，你有沒有覺得有東西在搖啊？」我看了看放桌子上的水，看到有水紋，就回答他：「是地震。」飛問我：「地震？那怎麼辦？」我說：「敵人的基地就在眼前，攻進去再說。」

這時突然手機響了，是她打來的。「林韋地，地震了你還躲在房間裡幹嘛？趕快出來啦。」女友之命不可違，我和飛邊叫了劉備，三兄弟很有義氣地一起逃命去。我們三人住在十八樓，要走樓梯下去真的有點累，可是我和兄弟二人說，地震過後，還是走樓梯比較安全，可是才走了三層，再往下走下面的樓層就沒有燈了，暗暗的看起來很恐怖。劉備便提議我們還是坐電梯好了，大哥是對的，我們三個人便徐徐坐電梯到停車場。車子一開出停車場，便發現IMU前擠的馬路上擠滿了人，大多數是IMU的學生，可能都沒有什麼地震的經驗，所

以被嚇到了紛紛跑出來不敢待在室內，可是當我們的車子從人群之中開過時，所有人都用一種很奇怪的神情看著我們。

「這三個人有這麼怕嗎？竟然開車逃命去了。」

後來我們接了她和她哥哥，一行人便開到IMU附近某知名網咖前面的Mamak吃宵夜，吃得很開心聊到大家都累了又開車回去睡覺，因為馬來西亞歷史上還沒有因地震而放假的先例，所以隔天大多還是要上班上課的。至於那幾棟為了共和聯邦運動會而蓋的爛大樓安不安全經不經得起地震的考驗，一時也管不了那麼多了。

事實上在地震頻繁的區域如日本台灣，建築物在蓋時大都有在防震的因素考慮進去，所以地震發生時災害相對來說較小，災情慘重的情況往往發生在地震並不常發生的區域，所以一有地震房子就倒了大半，這次四川發生地震，倒的都是醫院學校民房，因為在四川這些建築裡頭根本慘到連支撐的鋼筋都沒有，而新建的政府大樓都沒事。我看在一向沒什麼天災只有人禍的馬來西亞也

要小心，像檳城都是些二戰前蓋的古董房子，要是不幸有地震，恐怕半個喬治市都會被夷為半地。

很肯定的是光大不會倒就是了。

離開吉隆坡後我到英國繼續求學，某種程度上覺得這裡好像是世界的盡頭，都來到這裡了，也沒有辦法去到更遠的地方，因為即使在別處，美國、巴西或南非，感覺應該也會和在這裡差不多，家是接近無限的遠。

奇怪的是，來到這裡以後，從小到大對自己身份的疑惑就這樣憑空消失了。

我就是一個馬來西亞人。

如此而已。

兄弟

「How long more to Blackpool?」和兄弟坐火車回Preston的路上，聊著醫院的事聊到一半時，一個坐在旁邊的中年白人男子問我。

「About 45 minutes.」我試著很有禮貌地回答他。

「Then can you fucking Chinese shut your fucking mouth up? You come to England then speak proper English please. You fucking Chinese...」他話還沒說完，我就一拳打在他臉上，把他鼻樑打斷。

當然這只是個夢，因為現實的我們總是窩囊。和兄弟一起去法國旅遊回來以後，生了一場大病，也不去上課，每天窩在家裡睡悶覺，而這夢總是不斷重複在我腦海裡。

很多人都知道我林韋地有個妹妹，卻很少人知道我其實有個兄弟，她的名字叫昕，一開始只覺得這個名字怪怪的，後來才知道那是太陽緩緩昇起的意思。

會和兄弟開始熟絡是因為她原是我高中時初戀女友的知己好友，其實我在剛進中學不久就知道兄弟這個人了，和她同在學長團，搭同一輛公車上學，不過幾年下來我們也很少交談，印象中她總是很安靜很冷漠不大愛講話。

談了戀愛後心想她既然是我女友好朋友最好還是好好地巴結一下，剛考到駕照便每天順道載她去上學。兄弟身形高大，留著一頭短髮，肌肉比我的還結實，那時的我是個壞人，便常常嘲笑她上車後我的車便會沉下去，兄弟也不以為意，繼續保持安靜也不理我。

載兄弟上學，我常覺得無趣，每次都要想很多話題來和她聊，結果我講十句她只淡淡地回我一句，更多時候我都是自己一個人在自言自語。有時一起出去吃東西，我都會請兄弟吃東西幫她付錢，我說我有和女生吃飯時要替女生付錢的原則，她說那大可不必，我可以不用把她當女生看待的，我說再不管怎麼樣，她也都還是女生吧。兄弟白了我一眼，再不講話，繼續吃她的，吃完了以後，反正我付錢，再多叫兩盤。

相處一段時間以後，才發現我和她其實有很多相同的地方，我們同一時間自學長團叛逃，我們學業成績都很好，我們深受歐美文化影響，我們都愛打電動玩具，最重要的是，我們都很好色。

兄弟是個很聰明的人，在高中時從第一次段考開始她就一直都是班上無庸置疑的第一名，第二第三第四名常常換人做，但第一名永遠都是她的位子，因此在現實的中學校園裡，她是老師們心中的好學生，一點都不像我。所以每次上學快要遲到時，我都先將她放在校門口，自己再去找位子停車，然後進學校被學長拉去升旗典禮罰站。

有一次因為我睡過頭，註定遲到了，問兄弟要不要去吃早餐，兄弟沒意見，我們便開車到南美園吃點心，吃完到學校時已經是第三堂課了，剛好是班導師的課，班導師完全沒責怪兄弟，叫她回位子上去坐，只顧著審問我剛剛到底把全班第一名拐帶去哪裡。

一直對兄弟的性向不是很清楚，兄弟有收集很多動畫和電腦遊戲，偶爾我會和她借幾片來看看，卻發現其中有很多是十八禁的。我們課餘最常做的活動，就是坐在麥當勞邊吃著硫酸銅霜淇淋，因為那是淺藍色所以讀太多化學的

兄弟稱它為硫酸銅霜淇淋，邊欣賞走過的女生，在評論女生姿色時，是兄弟唯二多話的時候，兄弟有時會在我的車上rap Linkin Park。

高三時和初戀女友分手了，中學生談戀愛分手時總是要搞到天翻地覆，轟動武林，驚動萬教，不懂為什麼，全班同學紛紛跳出來一人選一邊站，大有大戰一觸即發，一發即不可收拾之勢。此時身為武林盟主的兄弟只好出來調停，第一名講話的份量當然不同凡響，雙方只好各自鳴金收兵，就這樣不了了之。後來兄弟告訴我，其實我剛和初戀女友在一起時，她有一種女朋友被人搶走很心痛的感覺。我問兄弟，那她為什麼要幫我，她說，她聽過別人在我背後怎樣說我，可是她不認同，她覺得我不是一個這樣的人，她說，她覺得我是一個好人。

高中畢業後，問兄弟有什麼打算，她說她要去英國念醫，我說那我也要去，若我下定決心要開始當一個好人，也許讀醫會是一條不錯的路，其實我只是懶惰，沒力氣去找什麼升學情報，跟在兄弟後面，她申請什麼我也跟著一起申請就對了，省很多功夫，而且第一名選擇的路應該也總是錯不了的吧。

來了英國以後才發現世界如此廣大，天地如此遼闊，我和兄弟的大學在Manchester，實習醫院在Preston，而這兩個地方的華人居住人口都很多，我自

己是個熱愛中華文化的人，所以我開始搜集各個不同地方的華人女朋友，馬來西亞我已經有過了，因此接下來就要找台灣、香港、新加坡、中國大陸還有BBC，British Born Chinese，英國土生土長的華人。

上了大學以後，髮禁也隨著中學的青春歲月成為過去式，兄弟的頭髮也跟著我的一起留長，兄弟也變得比較有女人味了，但她還是沒有交男朋友。在醫院那些醫生和同學看我和兄弟常常一起出現，出雙入對，形影不離，便問我們是不是情侶，每次兄弟都很快第一時間馬上否認，生怕別人誤會我和她有什麼關係，而這每次都讓我感到很不是滋味，搞不懂和我傳一下緋聞有這麼委屈她嗎？

後來有個愛管閒事的同學終於忍不住跑去問兄弟她和我到底是什麼關係，兄弟說，她和我，是兄弟。兄弟如手足，妻子如衣服，衣服破，尚可補，手足斷，安可續，我只好這樣安慰自己，也許在兄弟心中，兄弟是比情侶還要更深一層的關係吧。

兄弟沒有男朋友，倒是有三個老婆，一個台灣人、一個香港人，還有一個中國大陸人，比我更快一次把兩岸三地集滿，而且都長得很漂亮，秀色可餐，

兄弟的眼光果然是沒話說，害我一直忍不住想要染指，但都遭到兄弟嚴厲的警告，我心想也是，朋友妻都不可戲了，何況是兄弟的老婆，只好不停地嘲笑兄弟以後是不是要當回教徒，兄弟岔開話題問我是不是做過，我回她奇怪問我這個幹什麼，我會的技巧她又沒機會用。兄弟說她很純潔的，她和她的老婆們是柏拉圖式愛情，我說這世上沒有柏拉圖式愛情，只有柏拉圖式性愛。

一個星期一的下午，原本沒有課了，正想回家休息睡覺，兄弟突然接到小兒科主治醫生電話，叫我們去Leyland的兒童發展中心跟她的門診，主治醫生榮召，沒辦法，只好乖乖去。美其名為了以後出來當醫生時能多幫助些小孩子，弄了一整個下午，把自己搞到疲憊不堪，和兄弟去吃頓麥當勞，不過沒有硫酸銅霜淇淋，英國已經夠冷了，我們手足二人便迎著寒風走到火車站搭火車回家。

「How long more to Blackpool?」和兄弟坐火車回Preston的路上，聊著醫院的事聊到一半時，一個坐在旁邊的中年白人男子問我。

「About 45 minutes.」我試著很有禮貌地回答他。

「Then can you fucking Chinese shut your fucking mouth up? You come to

England then speak proper English please. You fucking Chinese go back to China!!!」

我和兄弟愣了一下，不懂該如何反應，只好低著頭，保持沉默。坐在對面的一個白人老人，邊看著他的報紙，邊默默地笑。那中年白人男子還一直在瞪著我們邊喃喃自語，不知在說些什麼。從Leyland坐火車到Preston只要五分鐘，但那該死的五分鐘卻有如五光年般長。

火車一到站，我和兄弟邊趕緊狼狽地跳下車。走路回家的路上，兄弟一句話也沒說，繼續延續著火車上開始的沉默。

「哈哈，那傢夥也搞錯了，我們又不是中國來的，叫我們滾回中國去幹什麼，哈哈。」我看兄弟臉色這麼難看，只好強顏歡笑說些廢話，讓一些無謂的聲音劃破沉默。

一回到家，兄弟把她房間裡那些Radiohead、Linkin Park等西方樂團的CD全部鎖進櫃子裡，然後上網去下載羅志祥的最新歌曲，把音響開到最大聲，讓整間屋子都一直不懂愛愛愛還是哎哎哎個不停。看到兄弟這樣子，我突然有點後悔了，剛剛應該在火車上好好把那人揍一頓的。

「妳不用這樣子吧，生命中有些事還是要讓它過去的。」

「發生這種事，你能讓它過去嗎？」

「是不能啊，兄弟。」

「是不能啊，兄弟。」

英國的冬天冷得令人沮喪，考完期末考，稱著剛和女朋友分手的空檔，我便和兄弟提議去法國玩，也許在那個號稱自由平等博愛的國度，氣候和其他一些事情會好一點。

巴黎果真是個大發旅客財的城市，我和兄弟走出火車站，隨便找個地方坐下來吃些東西，發現餐廳竟然有華文的餐牌，服務生的英文不大靈光，溝通有點困難，但態度倒是非常友善。

吃飽後，我和兄弟決定先去登巴黎鐵塔，沿途看到有許多日本餐廳，走在路上也常看到些日本人，不懂是居民還是遊客，來之前也不懂法國有這麼多日本人。

走到巴黎鐵塔腳下，還來不及好好欣賞她的壯麗，便有一個戴著頭巾的中東女子，問我和兄弟懂不懂英文，我還來不及回答，她便給我們看一張紙條，

上面寫著她家破人忙，來到法國，又與父親丈夫失散，故事賺人熱淚，要有多可憐就有多可憐，兄弟是個好人，給了那女子一歐元，那女子便歡喜地去了。

和兄弟買了票後就在巴黎鐵塔裡一步一步往上爬，這巴黎鐵塔實在是高得可怕，而且建好這麼久了，有些地方看起來好像有點生鏽的樣子，樓梯之間又有縫隙可以看到地上，爬著爬著，我一直提醒自己不要往下看，但又一直忍不住往下看，噢，真的是越爬越高了，有種如果現在巴黎有地震我就死定了的感覺。

爬到巴黎鐵塔的大約三分之二高度後，便無法再徒步往上爬了，要再往上得坐電梯才行。排了好久的隊，好不容易擠進電梯裡，結果電梯一上升，我才發現那電梯是透明的，看得到四周看得到下面的巴黎市景，突然有種自己在幾百英呎空中飛翔的感覺，我只感到自己心跳加速，一陣暈炫，雙腳發麻。

「你還好吧？」兄弟看我好像不大對勁。

「我懼高。」

「長得高的人都懼高嗎？問題是你也不是很高嘛。」

「如果我暈倒了記得把我揹下去。」此時的我一隻手已經緊緊抓住了兄弟的手臂，雖然有點不大好意思，但還是保住自己血壓，別讓自己暈倒要緊。

到了巴黎鐵塔頂後我們也不敢停留太久，決定還是趁我腳軟到失去作用前趕快下去好了。好不容易下來後，我只覺得腳踏實地的感覺真好，還來不及喘口氣，便看到另一位戴著頭巾的中東女子拿著紙條朝我們走來，我環顧四周，發現竟然有十幾位戴著頭巾的中東女子四處拉著遊客要錢，心想沒辦法，下定決心這次壞人我做。

「Do you speak English？」那中東女子拿出一張一模一樣的紙條問我們。

「Sorry, I don't speak English.」我一直向她搖手，並重複這句話，忘了我其實在用英文回答她。

「Ya, you don't speak English. Fuck off！」那中東女子很生氣地就這樣走掉了。

看樣子巴黎的氣候也沒有比較暖和，折騰這麼好一下子後，天也差不多快黑了，找個地方吃東西埴飽肚子後，兄弟和我都覺得很累，沒力氣再走了，便去坐地鐵回旅館。

剛走下地鐵站沒多久，便有一個長相奇怪留著長髮的法國白人男子攔住我們，用法語不知在吱哩咕嘍說些什麼，我和兄弟一直和他搖手，用英語和他說抱歉我們不懂法語後，邊一直往前走。那人看我們不理他，邊大聲地向我們咆

哮，越講越激動，一手便抓住兄弟的肩膀，兄弟嚇了一跳，連忙躲開，我用力推了那白人男子一把，叫他放手。

那白人男子更是激動，指著我便破口大罵，雖然我也不懂他在罵什麼。我叫兄弟先走，自己刻意放緩腳步，任由那白人男子在我身邊鬼吼鬼叫，我只能辨識出「Japan! Japan!」什麼的，他不懂在激動些什麼，隨時一拳要打在我臉上的樣子，我也握緊拳頭，心想活這麼大，這次是在劫難逃要和人打架見血了，而且還是給法國人當成日本人來打那才衰了，早知道我就用華語回他，反正他一樣也是聽不懂，一樣也是要打我。

好不容易走到月臺，地鐵剛好駛進站，兄弟已先一步上車了，我也趕快跳上列車，那白人男子也衝到門口，我本來以為他要衝上車來，那這一段路途就慘了，誰知幸好他只是停在門口破口大罵，搞得整車廂都看著我們，我還是搞不大清楚狀況，但想必他罵得不是什麼好話吧。他罵了好一會兒後，列車的門突然關了，他整個人就被夾在門中間，但還是繼續在罵，捱了好幾秒後，他雙手的力氣撐不住門，還等不及我把他踢下去，他就放棄跳下車，繼續追著列車大喊大叫，但我已經聽不到他在喊些什麼了。

轉過身來，看到整個車廂的人恢復平常，睡覺的睡覺，看報紙的看報紙，好像什麼事也沒發生過一樣，可能這種事在這個自由、平等、博愛的國度本就是稀鬆平常，司空見慣，而兄弟正驚魂未定地坐在角落的一個位子，我也趕緊走到她身旁坐下。

「這是第二次了，我看是妳的問題吧。」

「我看是你的問題吧。」

「可能吧，兄弟。」

「是啊，兄弟。」

活在這個世界裡，人們根本不在乎你是個怎樣的人，是個好人還是壞人，他們只在乎你身體裡是否流著和他們相同的血液。在明天太陽緩緩昇起前，搭著在黑暗中行駛的地鐵，此刻的我只想回到一個安全，屬於自己的地方，雖然我也不知道那到底在哪。

像我這種人，也許窮盡我一輩子也找不到屬於我自己的土地，但至少，我有屬於我自己的兄弟。

外公

不懂是不是因為工作太忙壓力太大睡眠時間不固定，還是昨晚和朋友去唐人街唱歌唱得太遲天太快亮，今早我做了一個奇怪的夢。

我夢到我考完了醫學院的畢業考，懸在心上幾個月了的大石終於放下，少了一點重量，飛機也飛得快點，我從曼徹斯特出發，經杜拜轉機，到達吉隆坡時，天空一片晴朗。下了飛機，就可以強烈到感受到空氣中的熱量，那是一種舒服的溫暖。

大舅舅和三姨丈很有心的特地從檳城開車下來載我，早早就在機場外守候，一出境就可以看到熟人的感覺真好。

「大舅舅，三姨丈。」

「走吧，你的寶貝老媽在等你這個寶貝兒子。」大舅舅一見到我就這麼說，三姨丈則只是在旁邊微笑不語。

我們三個人把我的行李搬上車，趁著天色還沒黑，驅車北上直奔檳城。

「大家都還好吧？」算一算，上次回來也是半年前的事情了。

「嗯。」大舅舅只輕輕地應了一聲。

「噢，」我看大舅舅沒什麼反應，想了一想，便再問他：「那阿公還好吧？」

「嗯。你考試考得怎樣？」

「不懂耶，希望能過吧。」

我看大舅舅都沒什麼接話，三姨丈也在旁靜靜的，應該是早上太早出門了，大家都累了吧。坐了十幾個小時的飛機，在杜拜轉機時又等了好幾個小時，我也覺得很累，想了一下剛考完的畢業考，總有種覺得自己可以做得更好的感覺，不過考完就算了，只是希望自己可以低空飛過，這樣就有兩個月的假期可以待在家裡了，不然要重考，那還真是一場災難。不小心又再重新細想了一次考試的細節，我真的累了，決定還是把不必要的擔憂連同英國帶回來的行李擺在一旁，在車子後座倒頭呼呼大睡。

醒來時發現天色已經暗了，車子正在大橋上。我揉了揉眼睛，吃力地坐起身，問大舅舅：「我們現在去哪裡？回我家還是回阿公家？」

「回阿公家，你媽在那邊。」

車子下了大橋，經過青草巷，到達跑馬園，看到外公家內燈火通明，很熱鬧的感覺，便興奮地把行李搬下車，拖進外公家。

「韋地回來了。」還沒走進門，就聽到大舅媽說。

走進大門，看見大家都在，一個一個叫人，外婆、老媽、三姨媽、大舅媽、表妹、表弟，這麼人齊。

但算來算去，總覺得不對，怎麼少了一個重要的人，看了看牆上的時鐘，現在才八點，感到奇怪，我便問說：「阿公呢？阿公跑去哪裡？他這麼早就上床睡覺囉？」

我只是不經意地問，卻沒人回答我，轉過頭去，發現客廳裡的眾人只是坐在沙發上，你看我，我看你，一副到底是誰要開口把真相告訴我這個傻仔的表情。這表情很熟悉，我見過這個表情，每次在醫院裡看到一堆醫生要去和病人家屬說她老公或是她老爸掛了時臉上也是這個樣子。

這時，我聽到點了香準備要拜神的大舅舅說：「他剛剛在車上就已經在問了啊。」

我只感到有一股恐懼從心底昇起，慢慢擴大，蔓延到全身。看了看大家，垂頭喪氣地問：「阿公過世了？不要告訴我阿公過世了？」

然後我就看到大家你看看我，我看看你，再給我一個尷尬的笑容。

接下來發生的事情，我也不知道為什麼會發生，也不是我所能控制的，一種悲傷的情緒接管我的意志，我就立刻蹲下，眼淚不自覺地湧出來，開始一直哭一直哭一直哭一直哭，老媽看我一直哭一直哭，就跑過來抱住蹲下的我一起哭，邊哭邊說：「對不起，因為那時你在考試，所以媽媽沒有告訴你，對不起……」

「什麼時候的事？」

「兩個星期前。」

「一定就是要搞到像電視劇的劇情就是了。」我抹了抹臉上的眼淚和鼻涕，扶著老媽站起身來。

然後我看到外婆的臉上也有一行眼淚。

夢到這裡，我就醒了，等清醒後才發現，原來那不是夢，是真實發生過的。

去看外公的靈位，外公的骨灰，放在外婆平時最喜歡去的，跑馬園前面的那座廟裡。回到家，便播放外公喪禮的錄影來看，看大家是怎麼被現場的氣氛弄哭，聽是誰哭的最慘，而頭七那天，原來大家都真的是有種外公回來了的感覺。看著報紙上外公過世的訃聞，上頭有家裡每一個人的名字，第三代裡只有一個只小我一個月的表弟大學畢業了，所以他的名字前有一個學士，據說在登報前家裡的人有在說要不要在我名字前加上個醫生，可是老媽說不要，怕我畢業考不能過，到時丟外公的臉不好。

關於外公去世這回事，大家都有些自己的說法，說其實外公早就知道自己不久於人世，所以到處走訪親朋好友道別。說外公覺得很不舒服，但休息了幾天後又開始大聲罵人，大家便以為他身體沒事了。外公過世那天，只聽他說他有點喘，躺在他御用的沙發上休息，期間只聽得他輕輕地「啊」了一聲，直到吃飯時叫他吃飯外公卻沒反應，才發現他已經斷氣了。臉上還帶著微笑，沒有任何疼痛，很安祥。

而我聽著這一切，追問其中的細節，試著在我腦海中構造那時的情景。老妹說她明白我這種心情，當事情都過去了，人家都傷心完了，我才開始傷心。

作為外公最年長的孫，我為了滿足自己與眾人的期望一個人到異鄉留學，那個過程是寂寞的，寂寞到連外公過世時我也要獨自一個人傷心。

工作後放假回檳城時，剛好遇到二姨媽一家人也從新加坡回來，在一個清晨起了大清早，到吉打和霹靂的邊境給阿公和二姨丈招魂，而老媽因為要上班所以沒有去。

開了將近兩個小時的車，到達時看到現場已經有很多家屬在等，我們找到一個雲吞麵檔吃了早餐，無所事事便去雜貨店買零食和冰淇淋吃，然後看別人哭到亂七八糟，心想說我們等下該不會也這樣吧。

在旁邊看了很久，到我們時我其實很熟悉那神婆的操作模式，就先問好名字生辰八字，做法畫一些符，躺下去再起來，然後就開始演，演得是男人就扮出低沉的聲音，說「怎麼沒有叫人？」你一叫人，那神婆就知道你和亡者是什麼身份了，再不然只要看家屬年紀都可以輕易猜出，先叫你照年紀坐，年紀最大的就叫老查某，年輕一點的就叫女兒，最小的就叫孫女。

可惜我的外表已經蒼老到那神婆分不出我是兒還是孫，多說多錯，當然那神婆也不知道我剛從國外回來，但我還是叫了聲「阿公」。到那神婆扮二姨丈叫我小表弟叫人時，我小表弟卻說：「可是妳都不是Daddy來的。」可惜我已經過了被允許誠實的年紀。

外婆和二姨媽還是流下了眼淚，當你看著一場表演，演著的是自己一生的故事時，不管演得好不好，自己還是會被感動。

回到家裡，老媽問我如何，是不是真的，有沒有見到外公。我說那當然不是真的，如果真的是外公，怎麼可能講這麼多句話，都沒有罵一句「Pu Nia Bo」。吳家的人出名脾氣不好，老媽和大舅舅發起脾氣罵起人來都很兇狠很可怕，但不管他們兩個人說了多次「恁爸」，他們兩個加起來的威力也沒有他們爸爸的一半。

小時候記憶中外公是一個很兇的人，因為我是外公的第一個孫，所以大家都很疼我，所以小時候難免會調皮搗蛋，每次不乖的時候，外公就會把平常收在冰箱上的藤條拿下來修理我，我一看外公去拿藤條了就會邊跑邊大聲哭鬧引起大家的注意，這時候外婆就會來保護我說「別打，別打！」我就躲在外婆身

後，像玩老鷹抓小雞那樣，外公就打不到。

我小時候在馬來西亞大部份的時間都是在外公家渡過的，那時和小我一個月的表弟成日玩在一起，在外公家的院子裡踢球，一個射門一個守門，外公心愛的盆栽就很無辜了，常常被我們的球射中，然後摧殘到不成花樣，每次踢到一半時外公發現了就很生氣暴跳如雷就開始罵人，我和表弟兩個就裝沒事趕快逃跑。

外公是我生命中第一個修理我的人，也是第一個令我感到十份敬畏的人，後來去了台灣，老媽生氣時也讓我覺得很可怕，因為老媽罵人的樣子，跟外公真的很像。

小時候印象中，外公是個對自我很嚴謹，生活很規律的人，每天都很早起，一大清早就去晨跑，跑完後就買早餐回來給我們吃，時間到了就拜神，吃飯時總是坐著同一個位置，不小心坐了他的位置他還會生氣。午餐或晚餐後就泡茶叫大家來喝，叫老媽，三姨丈和大舅舅來打麻將，每天晚上十點就上床睡覺。有時外公會出遠門去他的橡膠園看看，就帶著我跟他去，記得車子下了高速公路後，沿著一條只有紅泥土的路，就到了，外公遇到割膠的工人時，都會

用流利的馬來文和他們聊天，所以小時候我一直覺得外公是個語言天才，一直到大了，才知道原來外公是不會看英文字母的。

我在日新獨中念書時，平時都住在北海的叔叔家，週末才會回到檳城自己家裡。有時候星期天晚上不想回北海，就會撒嬌叫外公隔天一大早再載我去大山腳，讓我能在檳城多待一晚。而外公從來都沒有拒絕，隔天總是大清早不到六點就叫我起床載我去上學，到大山腳時還很早，就帶我去飲茶吃點心。外公很喜歡吃韭菜餃，跟著外公吃多了，我也很喜歡吃。不懂算不算是一種潮州人的特性，外公對吃的東西很講究，每次吃了什麼後都會評論一番，外面吃的韭菜好不好，家裡煮的魚清不清，煮東西給外公吃真的是一件壓力很大的事，有時候外公吃來吃去還是很不滿意就自己去市場買食材回來給家裡煮。因為從小就跟著外公，所以我對食物也很挑，離開檳城以後不管去到哪裡總覺得吃什麼也不好吃。

外公對大山腳很熟悉，每次開車時都會對經過的建築物指指點點，說說這裡從前原本是什麼，後來是怎麼變了，或是這裡住得是誰，誰誰誰的小孩結婚生子了，他的哪個朋友最近過世了。可是外公卻很少提起自己，關於外公年輕

時的事蹟，都是從老媽或家中其他長輩口中聽來的，只知道外公在中國出生，外公的爸爸是個中醫，二戰時外公和他的弟弟為了生存，兩個人離鄉背井搭火車經曼谷來到馬來亞，最後在華玲落腳，住上了好長一段時間，老媽的童年就是在華玲度過的，後來才搬來檳城。

小時候曾跟著外公回華玲過，印象中那是一個很純樸的地方，外公住過的房子還在，房子後面有一條河，老媽說她小時候就在那裡河裡游泳和洗衣服，很難想像幾十年前曾有一堆共匪在那裡跑來跑去。那時外公還有很多親朋好友住在那裡，外公跟誰都很熟絡，看到人就介紹說這是誰誰我要叫什麼，外公叫我叫人我就乖乖叫，但最終好像也就只見過那麼一次，一點印象也沒有，不過是眾多遠房親戚的其中之一而已。

中國改革開放以後，外公曾回去他家鄉幾次，回來以後也沒多說什麼，或許幾十年的改變真的太大了，一言難盡，或許幾十年後還見得到的人，對外公來說，也不過是眾多遠房親戚的其中之一而已。而當年外公來到這個國度的時候，沒有家人，就找一個家人，生一堆自己的家人出來。小時候過年的時候，家裡所有人，不管是在檳城的或住在國外的都會回到外公家聚在一起，大人喝

茶打麻將，我們這一代的小孩子們就玩在一塊。外公還會找一天叫大家裝好看一點，整個大家庭的人一起到照相館拍一張全家福，外公和外婆坐在中間，我站在最旁邊，照片拍好了後洗大張一點，掛在外公家的牆上。

印象中只有一次和外公一起在家裡喝茶時，聽外公說起他小時候的事，說他十多歲時在那村子裡，每個男人都要輪著拿著槍站在村口守夜。外公說他小時候沒什麼機會念書，所以每次看到我在打電腦遊戲時，外公都會很不以為然地說電腦哪裡是這樣用的，沒辦法，外公十多歲就拿槍了，我十多歲時沒機會拿真的槍只好用滑鼠操控電腦裡的我拿槍把別人的頭打爆。

初中時學校作業要寫書法中楷，我這種很懶惰又沒耐性做什麼事就草草了事的人寫出來的字當然是醜到不行，外公看到我寫到亂七八糟，就一時興起拿起我的毛筆寫了一個字，外公說他沒念過什麼書，可是外公的字卻非常好看，很蒼勁有力，在那剎那對外公真的非常崇拜。

只是用毛筆寫字的年代早已過去了。

在我懂事之後外公對我來說就是一個老人，但隨著慢慢長大，我才發現

老人也是會慢慢老去的。不懂從前什麼時候開始，也許是從外公開始把「沒用的，都要死了」這句話一直掛在嘴邊的時候吧，外公變得消極很多，早上也不去晨跑了，他心愛的盆栽也很少在照顧了，外公患有糖尿病，因為視力慢慢減弱的關係，外公也漸漸從整天開車出門，到只能白天開車，到完全不開車，大部分的時間他都待在家裡，躺在他的沙發上看他的電視劇和新聞，有時我們全家人出去玩外婆都會跟，但外公就是不去，一個人守著跑馬園的家，把大門鎖上。但有時他一時興起，他又會到處找人載他去找朋友，我也載他出去過幾次，外公話匣子一開就不能停，往往一聊就聊到一整天都過了，搞到大家載了他幾次後就都很怕被他點到。

唯一還能讓外公變得積極的只有打麻將這回事，和學生一樣，外公最期待的就是週末，因為週末老媽沒有上班可以和大舅舅一起陪他打麻將。他們玩的也從我小時候看的四人麻將，進化成時下最流行比較緊湊的三人麻將，打麻將是唯一可以讓外公遲睡熬夜的事，最瘋狂時曾經一口氣打到隔天早上。外公打牌時不管好牌壞牌總是搶著要碰要聽牌要吃胡，所以外公常常都放槍輸錢，一

輸他就大罵「Pu Nia Bo」，老媽和大舅舅都是賭性堅強的人，三個脾氣不好又姓吳的賭徒坐在一起可見那場面是多麼火爆，生人勿近。老媽每次說她打牌只是要陪外公而已，我就講她既然是陪外公打牌那就讓外公贏就好了，不要每次害外公輸了又發脾氣傷身體不好。

有時老媽沒空我就會頂替她的位子拉大舅舅陪外公打，我打牌時我都不胡外公的牌只是等自摸不然就胡大舅舅的牌，讓外公贏錢或不會輸太多，只是有時我的演技太爛做得太明顯，被發現了大舅舅就會生氣說我再這樣打他就不給錢，外公也會生氣覺得沒有意思。搞到我每次要打放水又要很努力地演出一副很認真全力以赴沒有偏幫外公的樣子，簡直比在台灣打職棒還要辛苦。

年紀雖然很大了，但外公的脾氣還是和他年輕時一樣臭，每次看到電視上的陳水扁在高喊台獨時，他又開始大罵「Pu Nia Bo」，老妹和我是受國民黨反攻大陸的黨國教育長大的加上聽李登輝講話聽多了就不小心會跟外公說幾句公道話，說台獨也沒有什麼不好，然後外公就會很生氣地罵我們說他小時候國民黨是有多壞做了多少壞事我們都不知道。

北京奧運時，全家人聚在一起看李宗偉對林丹的羽球決賽，大家都在幫

馬來西亞加油，只有外公一個人在那邊喊：「中國加油，中國好，打給他死，耶！」結果李宗偉果然慘敗被打到抬不起頭來後我就很不是滋味，跟外公說我們身為馬來西亞人應該要替馬來西亞加油才是，結果外公聽到又很不爽大罵「Pu Nia Bo」，罵這個比他年紀還小的政府是怎樣輕易地就把他多年來付出很多心血的橡膠園賤價收購，罵這個政府根本沒有用。

只是華人就等於中國人的年代早就過去了。

外公總是覺得他是對的，打牌時是這樣，平常待人處事也是這樣，誰都講不贏他。有時候老媽和家裡其他長輩會怕他吃虧而出言勸他，但外公就是很固執，說這是他的錢虧了沒關係他爽就好，搞到大家都拿他沒輒。記得印象中老媽對外公發過最大脾氣的一次，是她幫外公抽血後，發現外公的腎功能衰弱了很多，便發飆罵外公為什麼都不按時吃藥，外公才像一個做錯事的小孩子一樣，心虛地說以後會乖乖吃藥了，但直到有次外公病了住院，外公才真的怕了，跟我說幸好有我老媽在，不然他都不知道該怎麼辦，以後要好好珍惜自己

的身體，但等到外公身體好了出院後，他又恢復本性，整日把「沒用的，都要死了」掛在嘴邊。

出國念書以後，我和外公相處的時間少了很多，但每次回國後第一件事就是去看外公，每次要上飛機回英國前也會和外公說一聲。我記得很清楚，最後一次和外公說再見時，他躺在跑馬園家裡的沙發上看電視，外公還特地起身送我出門，我和他說我考完試後下一次回來再來看他，

人總是以為什麼事都會有下一次。

外公活了八十多歲，年紀輕輕就離開自己家裡，在這些日子裡，他沒有父母的照顧，沒有政府的照顧，凡事都要靠自己。相反地，作為一家之主，他總是盡著自己最大的努力去照顧家裡的每一個人，和那個年代的許多男性不同，外公一生只有一個老婆。只是要做一家之主是很不容易的，家裡的每個人對外公總是有太多期望，有些人覺得外公對他們不夠體諒，有些人覺得外公對他們不夠照顧，有些人覺得外公對他們不夠重視。但外公直到他過世那天，都還走得動，都還是自己負責自己的生活起居，沒有讓自己成為誰的負擔。

外公過世以後，整個大家庭不再像從前一樣每個週末都會聚在一起，外公生前愛用的茶具早鋪上一層灰，老媽也不打麻將了，家裡也聽不到麻將聲，每次回去，只覺得跑馬園的家變得冷清很多。外公不在了，他的存在感卻更強烈。家裡神臺旁是外公的書桌，書桌旁有個鐵櫃，外公生前時他不准別人動這個鐵櫃，他每次打開後一定把它鎖回去。外公過世後大家整理他的遺物時把這個鐵櫃打開，裡頭都是外公的私人文件，而老媽說其中有很多都是他損款給華教包括像新紀元學院的收據，但之前都沒有人聽外公提起過。

然後我才知道原來我對外公根本一無所知，一無所知到外公過世時老媽叫我寫一篇文章給外公放在DVD的最後，我也寫不出來。小時候覺得外公有時很兇，但大了又覺得外公就是一個很慈祥的長輩，和其他長輩不同，外公從來沒有在我面前批評過我父母，或否定過我什麼，外公有時候會認真地問我什麼時候大學畢業戴帽子，或開玩笑地問我什麼時候要結婚生子，可惜我都來不及讓他看到這些。

我從小到大老爸老媽都和我說華語，上了中學以後學校禁止學生講方言，上了大學以後英文就是一切，所以我一個潮州人卻不會說潮州話，唷袞人、

「Pu Nia Bo」成為我從外公口中學回來的唯一一句潮州話。

最近一次放假回檳城時，一如往常，我成日都在外面把妹，很晚才回家睡覺。有個晚上在外面玩得正開心時，我卻突然接到老媽急電叫我馬上回家，不得已丟下可愛的小妹妹回到家，才知道外婆進了醫院。其實外婆前幾天身體已經有些不舒服，老媽開了藥給外婆吃後還是不見好轉，到晚上老媽就叫大舅媽送外婆去醫院，只是到了醫院後發生什麼事醫生說什麼舅媽在電話中也說不清楚，老媽就叫我開車載著老爸去檳城中央醫院瞭解情況。

到了急診，見到大舅舅一家人在外面等著，我問了一下，說一次只給一位家屬進去，我就叫老爸和大舅舅他們在外面等著，自己進到急診裡，找到了外婆，問外婆怎麼樣，外婆說她很冷，我把她的被單蓋好，找了一個值班醫生詢問一下外婆的情況。

「Hi, My name is Dr. Lim. I am practicing in UK. 」然後我報上外婆的名字，說我是她的外孫。「Would you mind explain to me your finding and her situation now? 」我們這一代從小就被訓練成要會說不屬於自己的語言來保護自己人。

那值班醫生是個印度人，對我也蠻客氣的，就和我簡略地說了一下外婆的情況，他們做了什麼檢查，用了什麼藥。「So are we just waiting for the cardiac marker now?」我看了外婆的病歷、心電圖和驗血報告，心裡有個底後，就和那醫生道謝，到外面叫舅媽和表弟先回去，留下舅舅和老爸等就好，撥了通電話給老媽，解釋外婆的情況。

「總之沒什麼大礙，我會在這裡看著，妳先去睡吧，妳明天還要上班。」

「你記得不要留外婆一個人在裡面，外婆會怕。」

和老媽通完電話後，我回到急診內，守在外婆身旁，病房內沒什麼病人，也不見醫生的蹤影，應該是睡覺去了，留下兩個護士坐在那裡。

「醫生到底跑到哪裡去了？怎麼沒有醫生的，等下有事怎麼辦？」外婆問我。

「什麼沒有醫生，你的外孫我就是醫生啊。」我說完後，外婆聽了也覺得好笑，就和我一起一直笑個不停。

全部報告出來一切正常後，大舅舅，老爸和我就一起送外婆回到跑馬園家裡，然後大舅舅和我一起去亞依淡巴剎買早餐回家吃，在車上等時，我認出巴

剎對面的一家店，當年外公曾帶我來吃潮州粥，其實只是一碗白粥配上一些小菜而已，外公卻吃得很開心。

等我和老爸吃飽回到自己家裡時，天已經亮了。我只覺得很累，想好好地睡一覺，睡醒時世界就會很美好。

走出曼徹斯特唐人街的K房時，已是凌晨三點，身邊盡是一些頭染金髮的中國人在抽著煙，我試著與他們保持距離，獨自一人走到一個安靜的角落。這時兩個喝醉酒的鬼佬經過，看到我就破口大罵：「You fucking Chinese go back to China！」

在馬來西亞被人家叫我滾回中國去我已經很不爽了，沒想到來了英國以後還是有人叫我滾回中國。

PU NIA BO。

在英國這個終點，原以為學業順利，事業有成，自己就會過得很開心。但英國和台灣或馬來西亞不同，這並不是一個移民社會，住久了，只覺得很孤單。

於是我開始有了往回走的念頭。尋找自己的同類。

不屑

我獨自一人，走在新加坡國際機場。

令晚的班機準時，等待的時間少了，空空盪盪的第二航廈，正適合虛懷若谷的我。上了一下網，看著電視裡的Liverpool又多輸了一場球，我猶疑著是不是找張涼椅躺下，睡上一會兒。想想還是作罷，飛機上還有大把時間可以睡，同時，我不想我的夢境被人監聽。

於是我到了第三航廈，將自己投身於熱鬧之中。穿越來來往往的人們，經過上次轉機時吃的拉麵店，我卻不感到饑餓，拉麵店生意很好，坐滿了人，一個空位都沒有，可是就因為太熱鬧了，這次我誰都看不到。

不吃東西，遇不上美女，沒人陪我聊天，不知道該做什麼好。身上的背包比上一次轉機時重，因為多了《1Q84》的第三部，但我連第一部都還沒看到一半，此刻，我只想看些新書。專一，或專心一致，是一件很難的事。

逛了很久，在這個華人世界排名數一數二的國際機場裡，經過了好幾間大型的英文書店，我卻找不到一間像樣的華文書局。好不容易，在一間英文書店內找到個小小的中文部，走近一看，卻都是簡體字印刷，中國或新加坡出版的書，不是一些獨裁者的傳記，就是一些在詆毀西方世界的評論，在這個國際化的場景裡，安靜地躺在一個誠實的角落。

沿著一本本共產黨領導們的封面走到書店最角落，好不容易，很神奇的，竟然終於給我找到一本台版書，拿起那本書，那封面的浮水印，那紙的質感，觸摸起來就是不同，仔細一看，那本書的書名是《小惡魔教你極致性愛》，是一個日本當紅的AV女優寫的，基於這是整個中文部裡最有文學氣息的一部書，感到好奇，便很快速地翻了一下。翻到一半，有個女店員從我身後走過，看到我在看的書，流露出一種怎麼會有人這麼不要臉的表情，就逕自走到後方的儲藏室去。

頂著他人異樣的眼光，好不容易快速地把這本書翻完，卻感到有些許失望，裡頭教的東西，都是我早就會的，沒學到什麼新的東西，所以說，人真的不可以太小看自己。覺得無趣，就把那本書用力地塞到《毛語錄》的旁邊。

走出書局，我才驚覺不懂為什麼今天自己一直在不屑些什麼，不屑一本書，不屑一間書局，不屑一座機場，不屑一個國家，不屑一整個世界。

我一直忘不了她那個不屑我的表情。

或許老媽說得最對，女生要吃定我其實很容易，因為我最受不了的就是一個女生對我很冷漠，更慘的是，我往往都不知道女生為什麼會對我冷漠，是什麼時候對我冷漠，當我意識到時，她就已經是對我這麼冷漠的了。

有些問題是應該自己好好地想清楚後才問，但又有誰是真的能想清楚自己是不是已經想清楚了。

檳城的十一月很溫暖，逃離冬天，獨自一人坐在家裡吹著海風，過著生日。天蠍座的我總是在靠近年終時很有感覺，或是基於一種對寫作的歉疚，覺得一年下來都沒有寫到什麼，總是會在生日這天開始塗塗寫寫。就如同大山腳的小王子總會在自己生日時寫篇文章送給自己，好讓自己等到有朝一日變成老王子時可以沿著文字的足跡一篇一篇地找回過去的自己。

但這天，對著電腦螢幕上空白的文件一，我卻一個字也打不出。想起一個星期前的自己，還為了回家過生日這件事而感到興奮莫名，真到了這天，自己卻只能看到時鐘上的秒針一格一格地幫我倒數著我消逝著的青春。是我太天真吧，我真的以為至少我會收到一份禮物，至少有一個人會記得的。老媽要上班，一大早就到診所去了，正經事要緊，說下班後會買個蛋糕回來切，大山腳的小王子如我預期般的放我飛機，因為他有無數個不存在的女朋友要應付。打開電話的通訊錄裡瀏覽名字，懊惱著要求誰幫我慶祝，而其實心底知道心目中期望的美好看樣子是不會發生的了。

這世上最大的傷心莫過於失望。

只有自己一個人的客廳總是孤寂得有點可怕，FB的提示訊息卻一直在劃破這片寂靜，我一個人，慢慢地一篇一篇地回覆著FB上無數個生日快樂留言，朋友這麼多，只有外頭高掛的太陽比我還忙碌。

在網路上熱鬧過了頭，在這個特別的日子裡，覺得還是應該要有一段時間

活在現實裡，自己一個人出了門，到我家後院唱歌去。

才剛走進去，還來不及看清楚那琳瑯滿目的價格表，櫃台小姐就用一口流利的廣東話問：「先生，請問有什麼可以幫到您？」

我想了一想，這裡是檳城，我就用福建話回答她說：「今天是我生日。」

接著她就不說廣東話了，用華語答我：「如果您是和四位朋友一起來的話，為了慶祝您的生日，那我們就會送您一個蛋糕，還免收一位人頭費噢。」

我看她說華語，我也用華語答她：「可是我沒有朋友。」

「如果是兩位的話，那也有八折折扣噢。」

「我的意思是，我只有我一個人。」

「如果是只有一位的話，那就沒有生日優惠了噢。」

「可是今天真的是我生日噢。」我話還沒說完就趕著從錢包裡把自己的身份證拿出來給她看。

那櫃台小姐斜視地看了我的身份證一眼，說：「先生，我知道今天是您的生日，可是不好意思，這是公司的規定。」

在那一剎那，那句「這是公司的規定」，在我耳裡聽起來比較像是「這是世界的規定」。

「先生，請問你還要唱嗎？現在有空房噢。」

我想了一想，人還是不能把自己看得太重要，作為一個好人，是不應該太憤世的，而且都一個人來到這裡了，總不能歌都沒唱就一個人回去。

不懂是因為這個時段沒什麼生意，還是剛剛那個櫃台小姐看我長得帥又這麼憂鬱的樣子，對我還留有一絲的憐憫，我被帶到一間很大的房間，而那天花板掛著色彩繽紛的裝飾，還真有那麼一點歡慶生日的氣氛。一個人在這麼大的房間裡唱歌，回音大聲了一點，還真有點開演唱會的感覺，而且曲目自定，要唱多冷的歌都可以，雖說一個人在一間暗室裡，我不確定身邊是不是有些無形的聽眾，和我握手的是不是只是空氣。

一個人唱歌，只要在腦海中搜尋任何一個還清晰的臉龐，一不小心，哭腔就會越唱越烈，只是當唱到眼淚就要奪眶而出的時候，服務生卻很不尊重天王巨星的表演地跑進來問我：「先生，請問您決定要點什麼飲品了嗎？」他一出門，整個情緒又要重新醞釀過，但對我這麼多愁善感的人來說，這並不是一件

難事，只要在腦海中搜尋任何一句傷透我心的話語，那感覺又變得這麼濃鬱，只是當唱到聲音有點哽咽的時候，服務生卻很不識相地跑進來打斷我的經典副歌問我：「先生，請問您決定要點什麼簡餐了嗎？」

幸好他沒有問我，「先生，今天是您生日，請問您決定要點什麼蛋糕了嗎？」不然我真的是會翻臉揍人的。

整場演唱會的安可就在「先生，請問您決定要買單了嗎？」中結束，K房趕人走的方法，就是在螢幕上打出「歡迎光臨」，讓你感到時光錯亂，回到原點，懷疑自己剛剛過的那幾個小時到底有沒有存在過。

走出來見到光亮後，卻感到有些空虛，一滴眼淚都沒掉，聲音也沒破。獨自一人在商場走著，不知該做些什麼好，想看部電影，走到戲院前看到那人龍便打退堂鼓，總不能又自取其辱地拿出自己的身份證一個一個去問人：「今天是我生日，可不可以給我插隊？」

人不能把自己的生日看得太重要。

只是人年紀大了一點就更懦弱了一點，在群體內孤單總比自己一個人孤單好，於是我發了幾通簡訊，約人幾天後再去唱過。

可是等真的到那天時卻沒有特別期待也沒有特別興奮，馬來西亞終年如夏的天氣讓人無法察覺時間的流逝，一些感覺也可以輕易地就鬆手放開，如同畢業典禮前的學校，一切都在停滯的狀態，沒有人提得起勁，現實卻在倒數著。

我一個人開著車，到了間我幾百年沒有去的商場，停好了車，才發現前面的那一輛車，就是約好唱歌的咖。我下了車，看到前面車上左前座下來了一個熟悉的身影，仔細一看，才發現是她。

有些人就是會在腦海底徘徊，也許不是很熟，但總會有些印象，不至到忘記的地步。每次都會覺得好像有個人我沒有見到，沒有講到話，感覺真的很久沒有遇到她了，很意外，但也很開心，沒想到今天她會出現，至少有個比較熟的人，真是意外收穫。

在她轉過身來的時候，我很自然地向她揮揮手跟她打了個招乎，我很確定她看到我了，可是她卻只給了我一個冷冷的眼神，和一個似笑非笑的表情。

不懂是我太敏感，還是男生的自尊心作祟，感覺有點自討沒趣，只好乖乖靜靜地在後面跟著大隊走。看著她的背影，只覺得她比我記憶中還高很多，不懂，也許只是因為我從來沒有平行地好好地看著她。有時候時間和距離真的是

一個問題，在我記憶中所有關於她的段落，她對我總是非常友善，總是抱著幾本書在胸前，偶爾會問我一些問題，我說什麼時總是點點頭。

到了的時候因為時間還早，我們幾個人就坐在哪裡，或許是因為場面太冷清，或只是出自於一種禮貌，她不經意地問了我一句：「我好像沒聽過你唱歌噢？」

她的聲音有點沙啞，語氣裡藏有一種對什麼事情都漠不關心的感覺，她穿著一件綠色和白色相隔的上衣，她沒有化妝，天生的眼睫毛卻特別長，一對黑色的眼睛深邃得讓人猜不透她在想什麼。

「沒關係，今天我完完全全是帶著學習的心情來的。」

「是嗎？今天我還特地來聽你唱歌的。」她這麼說的時候，言語之間多了一股暖意，不像原先這麼冷漠。

「可是我唱歌不好聽噢。」

「沒關係，不意外。」她又回復了那冷漠的語氣，害我不知道該接什麼，雖說心裡有點不服氣。

「要喝什麼嗎？我幫你點。」

「都可以啊。」

「身為一個男生，怎麼可以這麼沒有主見啊，烏龜。」她話一說完，我還來不及說什麼，她就走開了，真是個令人捉摸不透的傢伙。

到好不容易等到房間時，卻發現我們一行人卻拿了兩個房間。感到有點奇怪，就湊近她身旁問她。

「因為有一個人要自己拿一間房自己唱啊。」

「哇，可以脫離群體到這種程度，一定是個高手。」

「嗯，她真的還蠻厲害唱的。」

結果我就看到一個高高瘦瘦的女生自己走進一間K房，我們其他人就擠在她隔壁那間。不知道是因為這個時段人多還是原本的設計就是如此，一進去我就覺得那間房間超小，基本上就只有兩面相隔很近的牆，一面掛上電視和音響，另一面則是一張長方型的沙發，有種坐在電影第一排的感覺。這麼多人擠在一個這麼小的空間裡，想起幾天前我一個人開演唱會時空盪的場景，一時之間真感到有些渾身不自在。

她坐在我的右手邊，嚴格來說，中間還隔著一位同學，在這麼小的地方，也沒有什麼可以自由交換座位的空間。可是這樣也好，可以為自己的懦弱找藉口，看她一副難以親近的樣子，我也不敢就這樣坐到她身邊去。

不懂是因為給了錢就要唱到飽，還是壓力太大有太多情緒要發洩，那三支麥克風沒有一刻是閒著的，大家都在大聲咆哮著比誰比較大聲，唱完一段後又換人唱。我輕輕地蓋住耳朵，試著在噪音之中辨別出她的聲音。她的聲音有點沙啞，音域不是很寬，卻很有感情，藏著一股傷心的情緒，轉過頭去看她，她唱歌時總是閉上眼睛，一副認真的模樣，有種感覺在流動著，卻又說不出來是什麼，但唱到副歌時音太高了唱不上去她就開始和別人一樣亂吼亂叫，那種感覺就這樣淹沒在一片噪音裡。

唱了好多首歌，好不容易終於輪到我點的歌了，想趁機好好表現，留給她一個深刻的印象，前奏才奏了兩個小節，她卻突然站起身說：「我去隔壁見識見識一下。」幾個同學也跟著她在我和電視之間跑過到隔壁去。「不是說要來聽我唱歌的嗎？」少了幾個人，回音也大了些，我的哭腔聽起來更顯得悲傷。

幾天前自己一個人開演唱會時一個人唱了三個小時都不覺得累，但在經過一連串的噪音轟炸後，才兩個小時，我已經覺得自己有點神經衰弱，當那服務生進來說我們還可以再唱一個小時的時候我直接就想給錢走出去。

因為K房的東西不好吃，挑食的我整盤炒飯都沒吃到，就在那邊放著，唱完後覺得肚子有點餓，我們一行人就去吃KFC。我吃得手油油也嘴油油，因為美女有在，怕自己一不小心就油腔滑調讓人家印象不好，我就靜靜地乖乖地吃我的炸雞。在大家還沒從耳朵裡的噪音中甦醒，一副沒話好講的氣氛裡，她卻一副怡然自得的模樣，顧著說自己的說得很開心，說完後，也不理會別人對她說的有什麼反應，眼神總是停留在遠方的某個角落，一副什麼都漠不關心的樣子。

吃完後覺得沒什麼事情好做，我就說我要先走了，她也只是舉起她的左手，和我揮揮兩下，走了幾步回頭看時，發現她早就轉身走遠了，這真的是一次沒什麼重要性的偶遇。

人真的不能把自己看得太重要。

隔天，我上學校的輔導室，看到她坐在那裡和幾個低年紀的同學講話，我想說好歹也唱過一次歌，怎樣都算是比較熟了吧，我就跟她打招呼很有禮貌地稱呼了她一聲「王姐」，結果她看到我也只是有點不屑地看了我一眼，給我一個有點僵硬的微笑，然後繼續講她的話。覺得有點自討沒趣，我只好走出輔導處自己找事來做。

那是我最後一次在學校裡撞見穿著校服的她。

畢業典禮時我坐在後面，感受那整個有點奇怪的氣氛，大家都想要很感動，可是卻又真的感動不起來。每個人都在這個場合裡努力地炫耀和證明自己做過些什麼，大人物們的演講又臭又長，說自己多偉大，為學生做了什麼，接著是馬拉松式地頒獎，掌聲熱烈不了多久就變得很稀落，只是幾年的努力，不就是為了能上臺多幾次，在臺上待多幾秒。

就當我看人拿獎看到頭昏腦脹時，我卻不經意地聽到她的名字，她拿了一個全國性的新秀散文首獎，看她恭恭敬敬地走上台，我卻有種她似乎根本不在乎這個獎的感覺。

知道她喜歡寫東西也有個自己的部落格，我卻不知道原來她的文筆有這麼好，很久以前看過她的部落格，也沒有留下什麼太深刻的印象。一回到家，就上網搜尋她的名字，找到她的得獎作品，和新的部落格，我從最新的一篇開始往回看起，發現她的散文真的寫得很好，斷句都斷得很巧，而總是用一句絕妙的佳句作為結尾，不像舊的部落格裡都充斥著只是在發洩情緒的部落格文。一直對自己文筆很有自信，但她的散文，竟讓我心中踴起一股心虛的感覺。看著她的文字，想起她唱歌時認真的表情，我忽然明白那股在她身上流動的感覺是什麼，那是靈氣。

大部份的文章都是在訴說家庭的親情，可是也有少數關於愛情的文章，書寫著她喜歡的男生，我相信文字不會騙人，而她的文字更是真誠懇切，只是我不敢相信她這麼冷漠的人，竟然也有為一個男生這麼著迷的時候，看著那篇文章的最後一段，重覆過無數次的「我喜歡你我喜歡你我喜歡你我喜歡你我喜歡你我喜歡你……」，任由它在我心裡擴大，可能是因為男生的自尊心作祟吧，我感到真不是滋味，不懂她書寫的是誰。曾經以為自己的辭海裡沒有自卑這一個詞，我在這刻才發現，唯一能讓我感到自卑的人，就是那個她喜歡的人吧。

我的一生都在書寫別人，第一次，我希望自己也能成為被書寫的對象。

算了，我也沒有什麼被書寫的價值吧，人不應該把自己的自尊看得太重要。

將她部落格的文章看完後，我在FB的世界裡找到她，瀏覽起她的相片。有了網路以後，人與人之間的關係也變得很奇妙，你不需要與一個人有太多接觸，也可以對她的一切很熟悉，但這其中最大的陷阱是，事實與自己在網路上的認知，往往有一段距離。她的文字令人感到真實，她的照片卻截然不同，完全不是文字裡表現出來的那麼一回事，與我腦海中的她那認真唱歌的模樣，也有些落差，總不可能是我自己找錯人吧，核對了一下個人資料都不錯。

她拍照時總愛擺出個V的勝利手勢，一副可愛小女生的模樣，但她的笑容卻總是有點僵硬有點牽強，不是真的發自內心的那種開心的笑，顯得很不自然，有點做作。相反地，那些她沒有望著鏡頭，無意間被別人拍下的照片，就顯得好看很多。繼續看下去，有一輯相片全是拍她在華樂團時上臺表演當指揮或拉二胡的，聚光燈打在她身上，她也清楚意識到全場的觀眾都在注視著她，她卻一副架勢十足信心爆棚的樣子，全身的靈氣燃燒成耀眼的霸氣。

看著不同照片裡不同的她，每一個她之間的落差實在是太大，做自己或在乎他人的目光，小妹妹或心智成熟，享受光芒或不屑於世俗的眼光，我還真捉摸不透，到底這麼多個她裡，哪一個才是真實的她。

或許是因為我觀察的距離不夠近吧。看著她的照片，總有種隔著一道無形的玻璃牆窺看她的世界的感覺，而我知道不管我有多努力，我都不會有機會打破這片玻璃，跨進她的世界，與她同處於同一個群體裡。

有夢最美，希望相隨，只是有時候夢做久了，就會不小心以為它真的發生過。

畢業晚會當天，我早早就到了現場，根據事先收集好的情報，看準了一個她對面的位子，在她和她的朋友出現的時候，製造出一個剛剛好有緣就坐在她對面的假象。

看著她從門口走進來，穿著一套連身的黑色禮服，配合她的身高，看起來很高貴大方，可是當她走近點我看到她的臉時卻嚇一大跳，她畫了一個超級無敵濃的妝，臉上了很厚的白色粉底，配上大紅色的口紅，和超黑的眼影，如果不是前一天我才看了幾百張她FB上的相片，我怕我還真認不出來她是她。雖說現場的女生十個裡有九個都畫成不似人樣，但看到她也和別人一樣時，心裡不

免還是有小小失望。

「王姐，怎麼這麼巧，又在這裡撞見妳。」我見她一坐下來，我就趕緊搶先故作自然地說。

「灰喲，是是是，還真巧啊。」她一臉不屑地說，給了我一個似笑非笑的表情。

我還來不及接下一句，這個時候一大群別班的女生就走過來我們這一桌打招呼，其中一個女生問都沒問很自然地就坐在我的左大腿上，如果是換作平時，我的左手一定會很自然地就摟著那女生的腰，不然女生坐不穩摔下去就不好了，但此刻她就坐在我的對面，我感到有點手足無措，左手就懸在半空中不知道該放哪裡好。少了手的支撐，此刻，我只覺得那女生有點重，我的左大腿有點痛。

大家一見面就聊開了，場面一下子變得吵雜和喧嘩，坐在對面的她和眾人寒喧了幾句後，臉上露出一絲不耐的神色，就拿起酒杯起身不知道走到哪裡去了。

晚會的東西沒有特別好吃，臺上在表演些什麼也沒有人在意，在這樣的夜晚，每個人都盛裝出席，將自己當成主角，盡可能地與更多的人交談，重覆同

樣恭維的話語，然後拍照留念，證明自己的青春沒有虛度。

隨著時間慢慢夜了，現場的燈光也漸漸轉暗，穿梭於人群，沒有意義的交談，和合照之間，我好不容易才在吧台的角落找到她，一個人冷冷地望著人群喝著啤酒。

「王姐，幹嘛一個人躲在這裡扮憂鬱啊，怎麼不跟大家一起玩哩？」

「要你管。我喜歡一個人在這裡喝東西，不可以啊？」第一次看到她故意發發小脾氣的樣子，還真有點不習慣。

「噢，不管不管。看樣子妳還真是個去群體化的人啊，可是今晚妳為什麼又把自己的臉畫得像貓一樣啊？」

「又不是我自己畫的。而且在世俗的人眼中，這就叫做美。」她話說完後，又灌了一大口海尼根。

「是是是，我不懂，為什麼要畫個別人眼中很美的妝又一個人躲在這裡。」

「你自己呢，和小妹妹們也玩得很開心啊。」

「我長這麼帥的人不能阻止小妹妹自己跑來坐在我的大腿上的好不好，」我嘆了一口氣，「這種困擾妳是沒有辦法體會的喇。」

「哈哈哈，」她那幾聲笑聲感覺真的很開心很豪爽「我都沒有說自己是美女了，你還說自己是帥哥，Tolong……」她話還沒說完，又忍不住開始捧腹大笑。

我看她一直在那邊笑個不停，我只覺得很尷尬，臉上一陣青一陣白，很勉強地才擠出一句話，「好喇，妳這樣我媽會難過的，認真點。對了，我看妳部落格裡的文章，妳的散文真的寫得很不錯。」

「你沒事跑去看我的部落格幹嘛？」

「就那天畢業典禮時我坐在台下看到妳上臺拿獎啊，妳什麼時候拿了一個全國新秀散文首獎，怎麼我都不知道啊？」

「噢，那個獎啊，那時候就拿篇寫好的稿隨便拿去投投，沒想到就真的中了。不過中了以後我也沒告訴學校，我不想我的文章被人家拿去作文章，結果在報紙登出來時不知道是被輔導主任還是誰看到了，畢業典禮當天我就一頭霧水地被人叫上臺喇。」

「如果妳沒有上臺我也不會看到妳的文章了，我們也算是有緣吧哈。」

「所以你也和其他人一樣，是因為我得獎才開始注意到我的文章的，對吧？」她說完後又不屑地牽動了一下嘴角，給了我一個不屑的眼神。

「我承認我是很膚淺沒有錯。」對美女有時候要以退為進，明知講不過不如自己先認錯。「我最近寫了一篇小說，叫〈啟程〉，妳看過嗎？」

「看過啊，我覺得還好而已。虧你還在那邊寫說什麼這是一個關於真愛的故事，害我看之前還很期待，以為會被感動到半死，結果看完後直接無言。我覺得你之前的文章比較感人，現在的文章裡有太多累贅的文字。」

「真的嗎？」我又嘆了一口氣，但這次是發自內心的。「我剛寫完時就到處去問別人的讀後感，結果惡評如潮，說這不過是一篇把妹文，聽了真的很傷。」

「可是就真的還好而啊。我喜歡你從前那篇Balik Pulau Piang，我喜歡文章最後那個回來的感覺。」

「哈，那不就表示這些年來我都沒什麼進步。我嘔心瀝血放足感情去寫的，卻被批到一文不值，連妳這個散文大師都這麼說，看樣子我真的是江郎才盡了。」

「至少從前的你還懂得選擇留下，總比現在的你走也不是留也不是進退維谷來得好。」

「不懂，或許吧。」

「哎喲，」她看我難掩失望的神色，便收起了冷漠的語氣，以一絲絲安慰的口吻說，「寫文章最重要的是寫自己想寫的自己覺得開心就好了啊，別人，包括我在內，說什麼對你來說一點都不重要吧。而且你在〈啟程〉裡說人不要把自己看得太重要，可是現在你又那麼在意別人對你或你的作品的看法，這樣不是很自相矛盾嗎？」

「話是這樣說沒錯，但人活在這個世界上，還是希望有人會理解和認同自己，會覺得自己很重要吧，如同一個作者渴望讀者一樣。」我停頓了一會兒，深深地吸了一口氣後說，「那妳自己呢，我將妳FB裡的照片看了一遍，可是我卻發現妳在不同的時候卻有不同的樣子，我都分不清楚到底哪一個妳才是真實的妳，為什麼不能堅持做自己，反而要掩飾，刻意迎合他人的眼光，讓眾人以為妳和別人沒有什麼不同的呢？」

她看我突然爆發，先是愣了一下，沉默了幾秒，然後又回復了那個她慣有的似笑非笑的表情，一口氣將手上的海尼根全灌進肚子裡。

「你今晚有開車來嗎？」我點了點頭，「你今晚有喝酒嗎？」我搖了搖頭。「那走吧，反而這裡很悶又無聊，我不喜歡人太多的地方。」

「去哪裡？」

「回我家。」

我開著老媽的車緩緩地載著她，跟著她的指示，往她家的方向開去。日間的大山腳總是繁忙又吵雜，到了晚上，卻有一分寧靜的感覺，又或者，也就只是今晚而已。

「今晚不小心喝大了還真是開心啊哈。」不懂是不是因為上了車後有冷氣的關係，清楚地聞得到她身上有股啤酒的味道。

「呃，王姐，我們現在真的開車去妳家嗎？」雖然也不是第一次，但莫名奇妙突然被一個美女帶回家感覺還是有點毛毛的。

「當然啊，不然呢？你不是說要看真實的我嗎？」

「所以我們是要去妳家幹嘛？」

「就有些東西不知道哪裡有，剛好我家有啊。」

「噢，可是都這麼晚了，妳的父母家人呢？」在深入敵營之前，這是最關鍵的一個問題。

「他們不在家，出遠門去了。」

聽她這麼說，我就鬆了一口氣，稍稍心寬了些。

「你車上有沒有歌聽啊？」她還沒等我回答，把我車上的CD一張一張地拿起來看，「咦，我喜歡這首歌。」她放了孫燕姿的第二張專輯，按到第五首。

「為什麼喜歡這麼老的芭樂歌啊？」

「因為好聽啊。」她邊聽邊輕輕地哼著，聽完一遍後又重播重覆再聽過，我們就在相信你只是怕傷害我不是騙我中前進，在宣布幸福不會來了時抵達她家門口。

「到了，這間就是我家。」

「為什麼一直重覆地聽著同一首歌啊，不會悶嗎？」

「因為我專一，不像你那麼博愛，整天有一堆小妹妹圍住你。我的人喝麥片也總是喝同一個牌子，吃魚只吃糖醋魚，去日本餐廳只吃日本咖哩，專一，

或專心一致，是一件好事，重點是那食物要秀色可餐。」

「妳也有喜歡的男生不是嗎？我看過妳為他寫的文章。」

「喜歡一個人很多時候只是一種感覺吧。」她打開她家的大門，走進院子裡。

我發現她家院子裡養了好幾隻兇神惡煞的狗，以銳利的眼神瞪著我，一副我是壞人要把我吃掉的感覺。我小心翼翼亦步亦趨不敢發出一丁點聲響地緊跟隨在她身後，她轉過頭看到我對著她的狗一臉惶恐的樣子，便好氣又好笑地說：「烏龜，你堂堂一個大男生怎麼連幾隻狗都怕啊，很沒用耶，作賊心虛啊？」

「拜託，王姐，牠們可以咬我，我不能咬回牠們耶，這本來就是一場不公平的對決好不好。」

快步跟著她進了她家把門關上知道狗進不來後才覺得安全一點，她家不是很大也不會說特別小，就一般大山腳人住的一般排屋。「這是我的房間。」她開了她房間的燈，還蠻整齊的，一張大大的雙人床上面擺滿了玩偶和絨毛玩具，右手邊一個衣櫃，一台電腦和書桌，左手邊則是一個很大很漂亮的書櫥。

「你這人整天看我FB的相片，我的房間你應該也很熟了吧，就不介紹

了。」

「哈哈，少少喇，我對妳這書櫥很有印象。」看一個人的房間裡放了多少書，就知道這個人的修養到什麼程度，那書櫥的右上角放的是她那全國新秀散文大獎的獎座和獎狀，還有她媽媽年輕時美麗的照片。書櫥上方堆了一些唱片和DVD，有一整套蘇打綠的專輯，第一張到最新的演唱會都有，DVD則大多是台灣的文藝片，除了一部桂倫鎂最正時演的《藍色大門》，其他我全都沒看過。

「妳整天嫌我不夠男子氣概，那又為什麼喜歡聽這麼娘的人唱歌啊？」

「喂，你不要亂動，那是我的珍藏，張張都是朋友特地從國外帶回來給我的。什麼很娘？我超喜歡吳青峰的，超希望有天能在現場聽他的演唱會，他唱歌超好聽的，歌詞又很有詩意，他真的是一個很有文藝氣息的人。」

「是是是，妳的吳青峰最Man了。」看她從對著我時那麼不屑變成一副陶醉的模樣，我也只能聳聳肩，沒什麼好不服氣的。「妳很喜歡台灣的電影噢？」

「很好看啊。可是都沒人陪我看，我不喜歡太紅的東西，可是這年頭大家都只看一些好萊塢的商業大片。」聽她這麼說，我就開始心虛了起來，還來不及閃避或轉移話題，就聽到她問我，「你呢，你上一部看的電影是什麼片？」

「《Avatar》。」媽媽說做人不可以說謊，對美女尤是如此。

「再上一部呢？」

「《2012》。」

「噢，」她給了我一個不屑的眼神，再報以一個僵硬的微笑。「沒關係喇，大家看電影的口味不同嘛。」

「王姐，我的人就是這樣沒有文藝氣息的喇。」我沒好氣地說。被她不屑久了，一不小心我也開始自暴自棄起來。

除此之外，她的書櫥都滿滿地排滿了書，我仔細地看了一下，大多是西方文學的翻譯小說，當然也有一些我比較熟的張愛玲龍應台等，但她書櫥上大部份的書我都沒看過甚至連書名都沒聽過。

仔細一本一本地看下去，終於在第三列第四格找到一本熟悉的書，我將那本書抽出來，撫摸著那她親手包好的質感，在美女的書櫥上找到自己寫的書，真是一件令人感動的事，翻開第二頁，還有那時自己親手寫給她的話語和簽名，這剎那的感覺真的很奇妙。

她看我拿起自己寫的書翻閱起來，便學起中國北方的腔調，以她難得的一種調皮搗蛋的語氣嘲弄我說：「灰喲，客官您可真的是識貨了，這本書可是我最鐘愛的珍藏，書名叫《在第一本書之前》，您看看，是不是，連書名都這麼特別，裡頭有詩有散文有小說什麼文體都是，內容千奇百怪，包羅萬象，男女通吃，老少咸宜。買一本回家看看吧，客官？」

「王姐，您這散文大師才別折騰我了。」

「還敢說，」她又回復了冷漠嚴肅的語氣。「你看你在我的這本書上寫什麼『爬在牆上也是一件開心的事！』真的是無聊透頂，害我那時看了還有一點小失望。」

「哎喲，誰叫妳那時候那麼喜歡海豹，我覺得這個梗不錯啊。」

「只有你這種無聊的人才會覺得這種無聊的梗好笑。」

「是是是，」我招架不住了只好轉移話題，「所以妳帶我回家是要看什麼東西啊？」，我眼神不自覺地往那張雙人床飄移了一下。

「沒有啊，」不懂我那一不小心失禮的眼神是不是被她發現了，她沒好氣地把房間的燈關上，走出房間。「我想彈琴。」

她家餐桌旁有架褐色的鋼琴，看起來並不是很起眼，她小心翼翼地在鋼琴的椅子前坐下，輕輕地擦拭著琴蓋，然後打開，緩緩地舉起她的右手，落在一個白鍵上。

那是我聽到她親手彈的第一個琴音。

隨著一個又一個的音符訴說著旋律，看著她彈琴時認真的模樣，我剎那間才明白她要給我看的是什麼，這才是最真實的她，全身上下都和鋼琴連接為一體，有一股與她的文字相符的靈氣在其間流動著，不管多厚的脂粉，多深的口紅，多黑的眼影都掩蓋不了的光芒。她彈的是電影《不能說的祕密》裡的一首插曲，她一點炫耀琴技的意味都沒有，她的琴音彷彿是在說一個她心底想說很久，但卻沒有人傾聽的故事。音符不多，旋律簡單，其中的感情卻很深厚。

我靜靜地站在一旁，大氣也不敢呼一口，試著扮演好一個聆聽者的角色，深怕劃破了這份美麗。直到她彈下了最後一個音符，我才像個小粉絲般，趕緊鼓掌說：「哇，超好聽，真的太威了。」

而她也只是酷酷地說：「這首很容易，只是熱身而已。」，而後開始彈起第二首。這次她彈得是比較古典樂的東西，可惜我孤陋寡聞，久石讓和貝多芬都傻傻分不清楚，搞不好她彈的是巴哈蕭邦舒伯特也不一定，可是聽得出她這次將功力催多了不止一成，有點火力全開的意味，時而用力地砸著鋼琴，時而四隻手指快速地彈著同一個音，可是看得出她並沒有執著於音準或將全部音彈對，而是隨性將那首曲子彈成她覺得應該成為的樣子。

看著她眼神中散發出的光芒，自大如我心中也罕有地產生一種覺得自己很渺小的感覺。記得小時候老媽也逼我學過鋼琴，結果我這個懶惰蟲沒學多久就放棄了，但就算那時我有繼續練下去，以我的天份，永遠也不可能達到她的程度吧。

她彈完了以後，左手按了一下右手的手腕，皺了一下眉頭說：「彈得不好。」一看到我一臉茫然癡癡地看著她的樣子，邊忍不住笑出來說：「怎麼？彈古典音樂悶到你喇？好好好，配合你的程度還是彈一些流行音樂好了。」

「不會啊，古典音樂很適合我啊，我偶爾當司機載我媽時也是會聽一下柴可夫斯基的。」

她聽了只是笑笑，一準備開始彈琴時就收起笑容，恢復認真的神色，彈起下一首曲子，我認得那前奏，是一首孫燕姿的歌。我發現她在主歌時總是彈得慢些，隨性些，到了副歌時卻很用力，將主歌時蘊釀的情緒一口氣全都宣洩出來，加上將旋律做了一些修改，更顯得氣勢磅礴。我原本以為只是歌聲有哭腔，沒想到彈琴也可以有哭腔，不是指她的琴音俗，而有種聽了就感動得落淚的感覺。從來只有老妹的歌聲可以讓我百聽不厭，在那一刻，只覺得如果以後都可以聽到她的琴，那將會是一件多麼美好的事。

世界，有時候孤單得需要另一個同類。

「彈完喇，今晚天氣很好，我們出去走走吧。」她輕輕地將琴蓋上，對著我笑笑地說。

她家對面就是一座公園，但想到晚上大山腳的治安不大好，我和她就只是在馬路旁慢慢踱步聊天。

「妳的琴真的彈得超級無敵十分非常好耶。」

「謝謝，很多人聽過後都這麼說哈。我有幾個華樂團的朋友，音樂造詣都很高，他們常常會來我家吃飯彈琴。」

「是噢。」看樣子每個人都會有自己的小圈圈。「妳琴考到第八級嗎？」

「第七級而已。」

「為什麼不繼續把第八級考完呢？」

「因為那時要考時發生了一些事情就沒去考。後來就算喇，反正考級也不能讓我的琴藝有什麼進步，只是為了一張文憑，沒什麼意思吧。」

「在這現實的社會還是有差吧，也不是每個人都會坐下來靜心地聽妳的琴。而且這對妳以後要在音樂這條路上進修也會有影響吧。」

「還好吧，我都沒說要念音樂。」

「妳琴彈這麼好，華樂又這麼強，妳不念音樂？那妳一定是要念文學囉？」

「我也沒打算念文學。音樂和文學對我來說都只是興趣，我不想將自己的興趣當工作，因為這樣子在這現實社會裡一切都會變質了，我不忍心看到自己的最愛變成那樣，我會感到很難過。」

「那妳大學打算念什麼？」

「不知道，我還沒做決定。我又不想要逼自己念些自己沒興趣的東西。」

「哈哈，沒興趣的妳不想念，有興趣的妳又不要把它當工作，王姐，妳這人真的很難搞耶。」

「哈哈哈，你現在才知道。」她發自內心開懷大笑時真的很好看。「我承認在華樂團時我是很享受舞臺沒有錯，可惜像我這種胸無大志的人，只希望以後有份穩定的收入，有能力就幫幫家裡，到有天再也沒有人沒有事情需要我擔心後，我就去環遊世界，然後找一個完全沒有人認識我的地方隱居。那個地方一定要有一棟獨立的小房子，然後有一大片一大片一大片一望無際的向日葵。」她在重覆地說那「一大片一大片一大片」時，用右手在空中畫了一個她所能畫的最大的圓，好像整個公園瞬間都長滿了向日葵一樣。

我只是靜靜地看著她說著自己的夢想，不知道該說些什麼好。過了一會兒，我才緩緩地說：「妳真的很特別。」

「哈哈，」和之前開心的笑不同，她的笑聲裡又帶有點不屑的味道，「為什麼每個跑來跟我裝熟的男生都說我很特別。」

「所以妳的意思是我也這樣說我就不特別了。」

「不懂，你呢，你覺得自己特別嗎？」

「不懂。我不知道自己算不算是特別，但我知道自己和別人不一樣。老媽總說我沒有選擇，從小時候開始，我總是被丟到一個自己是絕對少數的環境裡，承受別人異樣的眼光，到好不容易習慣了以後，又再被丟到另一個環境重新開始。到最後才發現，原來世界這麼大，我卻永遠不會找到一個屬於自己，自己是多數的地方。所以從小到大，我最討厭聽到的就是『每個人都是不一樣的』這句話，因為說這句話的人，根本就不明白，『不一樣』，到底意味著什麼。」

「我懂。雖說我不像你，我只是一個平凡的人。」

「妳明明就很特別，或者準確地說，和別人不一樣，可是為什麼妳卻總是不承認呢。若硬要說我和妳有什麼不同，就是我這生都在堅持自己的不一樣，不想被別人同化，但妳卻努力地掩飾自己和別人的不同。」

「躲在群體裡比較快樂啊。」

「應該是做自己比較快樂吧。」

不懂是因為酒精或琴音作祟，或是在這樣的一個夜晚，特別容易令人敞開心扉，我和她輪流扮演對方唯一的傾聽者，傾聽著一些平時不會提起，就以為自己遺忘了的故事。

博愛如我總是不明白，為什麼有人會為了一顆樹放棄一片森林。這時我才懂，到了最後，人總是需要找一棵屬於自己的樹，在樹上挖一個洞，將自己心中所有的軟弱都放在那洞裡保管好，才能更堅強地去面對這現實的世界。真愛在一個千瘡百孔的心中，才能發出光亮。

真愛無敵。

我看著頭頂上的路燈，總是有一群飛蛾圍繞著它飛舞，那些飛蛾知道自己想要的是什麼，知道自己的方向，是那無盡的光芒，卻永遠也到達不了自己的理想國度。

看著她站在我的左邊，那是一個理想的高度，我多希望自己可以有更厚實的肩膀，讓她能放心地擱置她的傷心，而我，會以無限的溫柔來承接。

「時間不早了，灰喲，或者應該是說時間太早了，太陽都要出來了，我覺得有點累了，我要回家回自己房間睡覺了，你也早點回去吧。」她笑笑著說。

「等一下，」我一急，竟然把我的右手擋在她的身前，她也皺了一下眉頭。「妳說過喜歡一個人很多時候只是一種感覺，」我停頓了一會兒，抬頭望了一下深藍色的天空，用盡我靈魂裡剩餘的勇氣，問出我心底的最後一個問題。

「涵，妳對我有感覺嗎？」

是妳的海

一　Manchester

清晨五點，我獨自一人載著我的行李開車到Manchester國際機場。到機場的時候時間還很早，從來沒有一次接機接得這麼緊張，心頭七上八下很忐忑不安，擔心妳的文件有沒有帶齊，護照、重入境簽證、回程機票、在學證明，在英國住宿和交通的資訊，擔心妳是不是真的上了飛機，不會在轉機時睡過了頭吧，擔心妳有沒有記下我的電話和地址，擔心過妳海關時懂不懂得用英文回答問題，擔心如果妳沒有出來我該怎麼辦。

撥了通電話給老媽，卻不敢說太久，擔心電話沒有電，擔心妳打給我打不通。身邊有一群中國人，也在等待他們的朋友，應該是和妳坐同一班飛機吧，

我和他們都抬頭看著航班表，看著妳的班機的抵達時刻不斷修正不斷延遲。

那真的是我生命中最長的一個小時。我不信神，我只能默默地希望外公保佑，希望一切順利。

當看到妳的班機已經降落，我的心跳便更快了，當旅客開始一一出來，站在人群身後眺望，看到任何一個黃種人女性，我都緊張得試著看清楚是不是妳，而我卻一次又一次地失望，連那群中國人都接到他們的朋友了。

當我終於看到妳的時候，我懸掛著的心才落了下來，但心裡卻又非常非常激動。妳看起來十分疲憊，卻給了我一個無比溫暖的微笑，記得妳說過我們在機場見面時，一定給妳一個大大的擁抱，於是我這麼做了，緊抱著妳，我真的是非常非常地開心，我們可以有一個月的時間在一起啊，我們在一起一年，真正相處的時間也才不過六個星期，一個月，真的好久好久了。

推著妳的行李上了車，妳撥了通電話給妳媽報平安。在到朋友的家之前，我們到附近麥當勞吃早餐，原本今年英國的冬天不大冷，這個清晨的氣溫卻降到零度以下，我的心還是暖暖的，每次相遇都是我去找妳，這次妳竟然願意來找我，妳在英國出現，實在是一件太不可思議的事。

天空很藍，很藍。

朋友家的地點很好，五分鐘就上高速公路，到我上班的地方也不過四十五分鐘。不到一公里處就有Tesco、麥當勞和KFC，朋友家隔壁還有一間Bargain Booze可以隨時買酒喝。只是朋友家旁邊還有一間修車房，裡頭的人總是有點恐佈，朋友的公寓打開大門就有一股奇怪的味道，不懂是不是大麻味。

到朋友家時朋友還熟睡著，我有鑰匙但朋友卻從裡面反鎖了，只好很不好意思地把她吵醒。進了房間，妳忙著鋪床單，我則忙著一一試著妳行李箱的密碼，也不懂妳是忘了自己設的密碼了，還是那密碼鎖本來就有問題，試了好一會兒，終於被我試出那密碼是988，可惜我是從000開始，應該從999往下試的。

好喜歡這種可以幫妳解決問題的感覺，哪怕只是一件小事，都好有成就感。

我們算算缺了什麼，一起手牽著手到Tesco買日常用品，一起推著購物車，就讓人覺得很幸福。我們買了毛巾、被單套、廁紙，還有給妳電腦用的變壓器，我沒有和妳說的是，當我用假英國腔的英文問那店員這變壓器能不能用

時，我真的很喜歡妳站在我身後聽的感覺。

妳問我Manchester有什麼好玩的，我說Manchester是一座工業城，沒什麼好玩的，就只有足球場、唐人街和傳說中全歐洲最大的購物中心。

開車載著妳在Manchester的市中心繞繞，妳從臺北帶了那英、陳奕迅和蔡健雅的新專輯給我，在車上一直重覆播放著長鏡頭這首歌。我指給妳看，那就是我的大學，傳說中全世界排名前三十的大學，大學沒有自己的校園，學校的建築物都在大馬路旁，大學指標性的建築物在整修，很醜，其實我大學時代大部份的時間裡都在醫院裡渡過，來大學時都只是為了考試和交學費，妳說幸好妳選擇去了台灣，而不是來英國。

我們把車停在唐人街，因為我貪小便宜，結果中了張罰單，只好欺騙自己那是給VIP停車費。我總是告訴自己，只要妳在我身旁，我根本不需要為了任何小事不開心。到Arndale走了一圈，買了張電話卡，但大部份時間還是花在一間書店裡，妳看到了一些騎士的模型，覺得很可愛，但妳仔細研究了一下，發現是Made in China或Indonesia，妳就不想買了。我們找了個咖啡廳坐了下來，下午的陽光打在妳髮梢上，很閃亮。妳身後是一座摩天輪，Manchester什麼都是

London的縮小版，有個比London小的Piccadilly，比London短的Oxford Road，比London小的摩天輪。

回到家時妳才發現妳的電話不見了，怎麼找都找不到，妳說算了，有些東西，你越是刻意去找越是找不到，你不理它時，自然而然它就會出現的。

朋友家離Trafford Centre很近。Trafford Centre號稱是全歐洲最大的購物中心，但因為每間店的店面都很大的緣故，其實店並沒有想像中的多。我們本來想說吃什麼好，但為了趕電影場，就吃了KFC，那時也沒想到，其實也沒差，因為接下來的幾個星期，我們把Trafford Centre裡至少三分之二的餐廳都吃遍了。牽著妳的手，看著年事已高的Tom Cruise爬上爬下，其實蠻令人感動的，妳說，好久沒看到這麼好看的動作片了。

就是這麼平凡的一個週末，平凡到讓我覺得再也不能更美好了。

只是可惜雖然妳在我身邊了，我還是有現實要去面對。我總是拖到很遲才睡，第二天起了個大清早，總是不經意地把妳也吵醒，妳總會幫我泡了杯美

祿，拿出我上班要穿的衣服，才回去睡。頭兩天連續值九點到十點的班，其實我值得很辛苦，怕妳自己一個人在家，會不開心。

妳說妳自己一個人出去漫目無的地走，經過教堂，聽到鐘聲，會讓妳覺得心很平靜。朝著一個方向沿著公車站牌一直走一直走，走到無路可走了，妳就搭上公車，到市中心去，吃我住了英國這麼多年從來沒吃過的牛肉麵，去我從來沒去過的市立美術館。

原來Manchester還有這麼多有意思的東西，吃著晚餐，看著妳的照片，讀著妳寫的文字，我迫不及待地想與妳分享妳在英國的所見所聞。我以為不管在世界哪個角落，我的身旁就是妳的家。

但妳告訴我，妳很想念臺北，妳想要回去了。

二　Edinburgh

不希望妳在英國的日子過得這麼快，但又迫切希望週末的到來，可以和妳二十四小時在一起不分開，帶著這種矛盾的心情，妳在英國的一個星期就過去了。

開車從Manchester北上到Preston，把車停在我家附近，指給妳看那是我住的地方。經過我家的公園，妳像遊客一般地偷拍著我的照片。妳問我公園入口處那是誰的雕像，我說我不知道，英國就是出了名有一大堆叫不出名字的雕像。

走到了火車站，時間還早，我們便在站裡吃早餐，點了杯摩卡和熱巧克力，妳說英國的麵包甜甜的很好吃，我則有點神經質地看著火車的時間，和妳在一起，我總是很怕自己因做錯了什麼而出醜。

上了火車，妳說妳很興奮，妳從來沒坐過火車，覺得很特別，我說我從來沒和妳坐過火車，我也覺得很特別，每次一個人坐飛機，總幻想妳就坐在我身旁，幻想能和妳一起從同一個地點出發，一起去旅行，一起回到同一個地點。每次見到妳，都是兩個人各自出發到一個地點相遇，然後各自回到各自的原點。

雖然我們還沒有真的在一起生活，但這次出遊，對我來說意義真的很不同。

今天天氣很好，藍天白雲，遠離Manchester城市的喧鬧，火車所經之處都是原野、牧場、農田、果園，遠處有灰色的山，偶爾火車會跨越深藍色的河，妳說妳長這麼大，都沒看過這麼多羊，說來奇怪，英國是個先進國家，鄉下地方卻比馬來西亞還要鄉下。妳說這裡的房子都很漂亮，有機會想住在這裡，我卻

回答妳房子裡面的面積都很小，而且住在鄉下地方會把妳悶死。

雖然我買錯車票少買了一站，我們還是順利地隨著火車跨越蘇格蘭邊境，到達Edinburgh的市中心。

Edinburgh是一座非常美麗的城市，建築物都是白色的，市中心有一大片填滿沼澤而成的公園，一抬頭就可以看見山上的城堡。而到了蘇格蘭後，不懂是不是自己的錯覺，總覺得這裡的人也比較溫和而有禮。

我順著地圖，帶著妳穿越了市裡的購物中心，找到了我們的旅館。購物中心前有個穿猩猩裝的街頭藝人在打鼓，妳說他的樣子好可怕。因為還沒到拿房的時間，我們就到了旁邊一間義大利餐廳裹腹，不懂是不是因為身為遊客的心情，原來蘇格蘭人不只比較友善，東西也比較好吃。

拿了房放下行李後，我們便沿著來路經過那隻打鼓的猩猩走回市中心，天氣很冷，妳摟著我摟得很緊，有機會就叫我躲到室內裡。

我們漫無目的地在Edinburgh晃著，經過聖格爾大教堂，經過蘇格蘭國家博物館，但我們都沒進去，刻意避開Edinburgh城堡，說是留待明天才去。Edinburgh市中心的雕像特別多，在聖格爾大教堂前，妳認出其中一座是亞當史

密斯的雕像，妳就很興奮地要我幫妳和那雕像拍一張，希望它會保佑妳經濟學考滿分。妳說妳想要買一件I love Edinburgh的衣服，但最後也沒買成，反倒是我擔心一直沒有目的地亂晃下去太不盡責了就買了一本旅遊指南。

走著走著我們離市中心越來越遠，天色越來越黑，路上行人越來越少，我們很久都沒有經過一座我認得出的地標了，天氣很冷，我們口吐著白煙，肚子又餓腳又痠，這時我們在城堡的山腳下看到一間華人餐廳，便走了進去。

是夜是除夕夜，和妳一起吃著兩個人的團圓飯，覺得很感動。我點了份宮保雞丁，妳則總是愛吃小籠包，結果那宮保雞丁還可以，小籠包則難吃到不行，皮又厚又沒有湯汁，最後我都只挑了裡頭的餡來吃。老闆很熱情，還跑來問我們怎麼不吃，不好意思說太難吃只好說太飽了吃不下。

酒足飯飽了後，我們手牽著手繞過城堡的另一邊走回旅館，經過一大墳墓時妳突然在我身後嚇了我一下把我嚇得臉青，妳就一直嘲笑我的表情好好笑笑了好久。

因為是週末的緣故，Edinburgh到處都是開派對的歡笑聲，市中心的公園裡卻有很多流浪客在名牌精品店的對面搭起帳篷生著火渡過寒冷的夜晚，形成很

強烈的對比。

到了旅館後，因為時間還早，夜晚還很年輕，我們就到附近的酒吧喝酒。第一次和妳到酒吧喝酒，有點緊張，把自己喝過覺得好喝的酒全都點了，妳的酒量很好，我都還沒喝到一半妳就喝完了，喝到最後不知道要喝什麼就隨意地點些餐牌上的酒來喝。

可是也許是因為喝得太多，酒後吐真言吧，我們卻吵架了。我們相處在一起時很少吵架，這次我們卻吵得很兇，我不懂為什麼我自己心目中的我和妳眼中的我總是有些距離，而妳一言不發地就走出去。

緊追在妳身後，我不懂我們說了什麼，能讓我們和好如初，或許其實說什麼也不重要，就只是缺乏安全感吧，只需要一個擁抱，互相拍拍，一切就會很好。

我們交了房後背著背包照著旅遊指南介紹的路程走，那隻打鼓的猩猩今天沒有上班。Edinburgh的市中心有座一位作家的紀念碑，紀念碑的上方都刻滿了他小說裡的人物，Edinburgh市中心的火車站也是以他小說的書名來命名的。

沿著王子大街往下走，妳一直叫我幫妳拍些背後有光的陽光美少女照片，但我技術不好又一直有巴士經過拍得不是很好。走過土敦我們就進去蘇格蘭國

家美術館看看，我肚子裡墨水還可以但顏料真的有限，沒一幅畫是我認得的，只是記得妳說妳喜歡油畫不喜歡素描。

蘇格蘭國家美術館前有個穿蘇格蘭裙的男人在吹蘇格蘭笛，但都是在吹些王老先生有塊地之類的兒歌，妳聽得津津有味，關於音樂妳總是很感興趣。聽了好一會兒，結果發現他吹來吹去就是那幾首而已。

走過土敦，我們朝著城堡方向往上爬，爬的時候妳一直在算著階梯的數目。到了城堡，我去買了門票和導覽，風很大，很冷，我們走一小段就找能擋風的地方躲起來看著導覽介紹和故事。妳幫我拍了一張背後有光的照片。

爬上城牆，可以看到全座Edinburgh市，城市的盡頭是藍色的天和藍色的海，很美。我叫拿著相機的妳趕緊拍下來，妳卻說這麼好的景，拍下來就不美了，太可惜了，親眼看著就好。

走出城堡時，我想起我們兩人都沒什麼合照，我就趕緊拉了個路人幫我們以城堡為背景拍一張。我和妳說，以後我們結婚時，要放上各張我們在不同地標前的合照，像是Edinburgh城堡、倫敦大橋、巴黎鐵塔、臺北一〇一，最後就來一張極樂寺或檳城大橋的，妳笑著說，好啊，那很有梗。

背對著城堡往下走，街上許多和我們一樣的遊客，以及各式各樣的街頭藝人。走到了童年博物館，裡頭都是些各個年代的玩具，據說是一個討厭小孩子的人開的。妳覺得很有趣，我們便進去看看，底層倒還沒什麼，都是一些童玩，頂樓卻收了一堆各式各樣的洋娃娃，出口處還有一個大型的對著鏡子，怪恐佈的，我們就趕緊走了。

繼續往下走，經過妳覺得很醜的蘇格蘭議會，到英女王的行宮，本想進去看看，可是時間已經太遲了，只好上個廁所當作到此一遊了。上廁所出來後找不到妳，覺得很著急，妳又沒有拿電話在身上，怕自己在英國把妳搞丟了，在原地等好一陣子，發現原來妳也上廁所去了，幸好只是虛驚一場。

女王行宮在亞瑟王座的山腳下，看著眼前的山，很想和妳一起爬上去，想說若爬到山頭，風景一定很美吧，一起爬山的辛苦，也會變得很甜美。只是手機沒電了，不懂現在幾點，風又這麼大，又怕天就要黑了，怕趕不上火車，只好作罷。

和妳走在小路裡往火車站的方向前進，不懂因為是週日還是那路真的有點偏僻，都沒看見其他行人，路旁都是一堆亂七八糟的塗鴉。經過一座很大卻很

殘舊的仿古希臘式建築時，真的有種全世界只剩下我們兩個人的錯覺。

真的希望能這樣和妳一直牽著手走下去。

Edinburgh真是一座美麗的城市。

三　London

從Edinburgh回來後，只上了一天的班。之前已請好四天的連假，要到倫敦上課。坐著朋友的車到了Wigan，在火車站附近吃了頓超級無敵難吃的Fish and Chips後。搭著火車，與妳一起到London這座超過千萬人口的英倫第一大城。

一到London就可以感受到人真是超級無敵多，人走路的速度也較其他地方快了許多，我總是將妳抓得緊緊的，深怕一不小心，妳就消失在人潮裡。其實那有點像在臺北的感覺，但妳說哪會，臺北比London美得多。

London有全歐洲最古老的地鐵，有很現代的建築，也有很多歷史很悠久的古蹟，所以總有一種舊舊髒髒的感覺。我們居住的旅館在Euston火車站附近，也

是髒髒舊舊的，而且廁所超級無敵的小，水壓也超級無敵的小。

白天我就和朋友們一起去上課，妳則自己去走走，下了課後再和妳一起會合。和在Manchester時一樣，我們活動的範圍都在唐人街附近，在唐人街吃晚飯，吃完後再轉移陣地到Häagen-Dazs 吃冰淇淋，也去M&M的巧克力專賣店逛了一下。

吃晚飯時總很期待地聽妳說妳一整天去了哪裡，是大英博物館，還是國家美術館，聽妳說妳走了哪條導覽路線，看妳的戰利品，妳連買衣服都很有藝術氣息，不是埃及神貓就是向日葵。只是我和我朋友三個醫生在一起，總是在聊些考試的東西，委屈妳要在旁忍受。妳說妳知道我壓力很大，只是妳放著假，妳想好好地放鬆自己，妳不想聽這些。

只是那時我真的慌了，本來只是抱著輕鬆學習的心情去上課，結果卻讓自己好沉重。也許是自己對補習文化不熟悉吧，但在那樣的環境裡，每天看著一些自己以為只在課本上存在的奇難雜症，被一堆醫生和病人電爆，我真的壓力很大，自信心受到很大的打擊。面對生命中到目前為止最困難的考試，我知道自己的不足，我想靜下來好好讀書，但妳很難得才來，我更想好好陪妳。

當那四天的課終於上完時，我真的鬆了一大口氣。妳說妳下午經過一所教堂時，無意間聽到了古典音樂會的綵排，妳便去買了兩張音樂會的票，其實我長這麼大都沒聽過音樂會，還問妳是不是要穿得很正式啊。聽妳在旁和我解釋那是小提琴首席，那是大提琴首席，調音時所有人都要跟著鋼琴的音，聽妳評論那卡農不好聽，那小提琴總是破音，那指揮很激動地揮動著雙手尾音卻沒有很大聲。

我只是在旁靜靜地聽著，妳總有種讓我在妳面前變得很謙虛的魔力。小時候我也學過鋼琴，可惜沒耐性的我一下子就放棄了，如果我這輩子能拿我玩電腦遊戲的時間都拿來練琴，或許我能更有氣質，更配得上妳一些。現在，我只能是一頭會聽妳彈琴的牛。

望著身旁的妳，我真的很羨慕臺上那些音樂家們。

週日難得可以整天都陪著妳，到唐人街要吃午餐，卻發現不懂有什麼節慶活動，人山人海的，擠不進去，沒法子，只好和妳隨意擠上了一間台灣餐廳，妳從台灣來英國吃台灣餐，真有點難為妳了。那一餐照著妳的慣例，又叫了小籠包，照著英國的慣例，又貴又不好吃。

下午妳將就著我到我一直想去卻沒有去成的London Tower，我的人就是對這種中古世紀的城堡情有獨鐘。London是英倫首府，London Tower也比Edinburgh城堡大得多，氣派得多，裡頭的皇室收藏也比Edinburgh城堡珠光寶氣得多。城堡的角落都有些奇怪的問題讓遊客投票，而最沒人性的答案似乎總是得到最高票數。走在城堡裡，總是忍不住想像著，如果我能為妳建築一座城堡，那會是怎樣的一座城堡呢。

在英倫南部的London比北部的Manchester和Edinburgh溫暖一些，但還是冷，妳很氣派地買了一枝冰淇淋來吃。

London Tower的外頭就是大名鼎鼎的Tower Bridge，妳看了以後深感失望地說那藍色真的很醜，一直問我為什麼英國人要把它漆成藍色，我說我不懂，因為英國太多憂鬱的人了吧。很多人以為倫敦大橋英文名字是London Bridge，其實London Bridge是Tower Bridge旁邊一條更醜的橋，但妳卻很開心地和London Bridge的路牌合照了一張。

走過Tower Bridge，沿著泰晤士河往西敏寺和國會大廈的方向走，沿岸有艘二戰退役後保存至今的戰艦，還有莎士比亞的劇場，妳說妳不喜歡莎士比亞，

我們便繼續往下走。走到泰德現代美術館時已經下午五點了，我們運氣好，六點才關門，我和妳說裡頭有收藏畢卡索的畫，妳便很興奮地衝進去看看。

現代美術館和古典美術館最大的不同是裡面會有很多無厘頭的東西，被當作是藝術，可能是一陀陀像大便的東西，可能一段拍著塑膠袋在風中飛舞的影片。這些無厘頭的東西看多了，還有點令人眼光撩亂頭暈腦漲，最後我們便顧著找畢卡索的畫作。畢卡索應該算是個浪漫的人吧，他都在畫他的情婦，卻又有點同情他的情婦被他畫得亂七八糟的。前一天我後悔無法幫妳譜一曲，此刻我卻遺憾無法幫妳作一幅畫。

我們還意外地看到了艾未未的作品，很多很多的向日葵種子，看起來好像是真的，其實全都是用景德鎮的瓷器作成的。

走出泰德現代美術館，在寒風中對著夜裡的聖保羅大教堂走過了千禧橋，沿著河岸走。走了一整天，其實我們都有點不勝腳力了，有點後悔先前沒找個地方坐下來歇歇。妳問我還要走多遠，我指著河岸盡頭的國會大廈，妳嚇了一大跳說還這麼遠，看了看我手中的地圖，才走了不過一半的路程，妳說妳要和妳媽投訴，若妳媽問妳英國有什麼好玩的，妳會說我都沒帶妳去玩，都在不停

地走路。

在我腦海關於妳的回憶裡，總有許多與妳一起走著的片段，或是大山腳的學校裡，還是林口僑大前的那段路，到Edinburgh，到London，看著路燈下我們的影子，真覺得原來英國也可以很美。

好不容易走到一個地鐵站，卻發現因施工而關閉了，只好繼續走到下一個地鐵站。坐了地鐵走出出口，國會大廈終於在眼前了，妳卻比看到Tower Bridge更失落，有時距離是一種美感，一見不如百聞。拍了張到此一遊的照片，吃了頓熟悉的麥當勞，我們又繼續走著，走過了二戰英雄邱吉爾和蒙哥馬利的雕像，走過了一間商店都沒有開的Oxford Street。

牽著手一起走著，妳算著我們的步伐，妳問走到路口會是我單數還是雙數，如果猜對了會有好運。其實我比較希望猜對了妳會愛我多一點。忘了最後是猜對還是猜錯，其實不就差一步而已，幸福如履薄冰，差一步，往往就差很多。

第一次覺得London好寧靜。

隔天中午交房後要坐火車回Manchester，在等火車時妳問我，火車的頭等艙有什麼不同，我說應該沒什麼不同吧，最多就是椅子比較好坐，有東西吃這樣子，笨蛋才會花這種錢。

結果一上火車後才發現，我訂票時糊裡糊塗，訂成了兩張頭等艙的票，我之前就覺得奇怪怎麼回程這麼貴。生平第一次坐頭等艙，上了火車後我就很新奇又很怕吃虧似的叫了一堆飲料和食物，將電腦插電玩俄羅斯方塊，妳只在旁靜靜地看著我。

我年紀比妳大得多，但在妳身旁時，我總是像個孩子。

四 York

從London回來後，妳變得很少出門，大部份時間都待在家裡，幫我洗衣服整理東西，看妳的犀利人妻，等我回家時幫我開門，一起去吃晚飯，問我到底是不是真的是有去上夜班，還是其實是跑去陪小三睡。妳開始不像一個遊客了，妳開始比較像一個在英國生活的人。

值完了四個大夜班，睡了一個下午後，帶著電暖氣和妳的手提電腦，開著車北上到York。去了London回來，會令人覺得York其實沒有什麼非看不可的東西，但是一個很傳統很有氣氛的英國小鎮，住的是老媽來時住的旅館，覺得和妳窩在旅館裡看看連續劇，玩玩俄羅斯方塊，喝喝酒，過過二人世界也不錯。

走在York城鎮裡，感覺就很輕鬆，可以把腳步放緩，慢慢地走。因為天氣很冷，我們很快就躲進其實和城堡沒有關係的城堡博物館，博物館裡頭沒什麼特別的，特別的是我們一走進博物館，外頭就開始飄起大雪，妳很興奮地說，這是妳人生的第一場雪啊，逛完博物館後，妳就迫不及待地冒著寒冷衝出去要我替雪中的妳拍照。

不過這好興致沒有持續太久，因為很冷，我們很快地又躲到York Minister裡頭去，在別的城市時經過大教堂我們都沒有進去，這次因為風雪而躲到神的勢力範圍，感覺真有些特殊。工作人員好心的提醒我，教堂還有一個小時就要關門了，叫我們先到特別展覽區看看。出來時聽到有人在唱聖歌，尋著歌聲找去，原來是合唱團在練唱。

走出教堂時，風雪已小了一點。York鎮中心裡有很多商店，有一般的名牌店也有一些奇怪的店賣些怪力亂神的東西，因為天氣實在是太冷了我們便去買了帽子和手套，孩子氣的我還買了無聊的鋼彈遊戲。

在和老媽之前一起去過的義大利餐用了晚餐，走出餐廳時，天空還刮著雪，地上的雪卻也已積了厚厚一層。我們逆著風行走著，妳說雪打在妳臉上好痛，我就握住妳的雙手，站在妳的身前幫妳擋風雪，自己倒退著走，不理會路上行人奇怪的眼光，這樣一前一後地走回旅館去。

妳說，這是木納的我為妳做過最浪漫的事了。

到了旅館，看見旅館前的草地已積起厚厚的雪了，我們便把買回來的酒放進雪裡冰，自己也倒在雪裡玩耍和拍照。那一晚，旅館前那片積滿雪的草地，應該是我們在英國去過最好玩的旅遊景點了吧。

隔天我們走出旅館時，發現整個York已變成一片白色的了，屋頂上和庭院裡，都積滿了雪，妳直呼好美好美，我們興奮地請了位路過的老太太幫我們合照，說這是屬於我們的第一場雪。

我的車子小紅也積滿了雪變成小白了，我們掃掉了車上的雪，開車回家。回程時，同樣的路途，卻因為雪的緣故，變得很美，一直叫妳看這看那的。

突然覺得妳很適合活在一個有雪的世界裡，妳的臉龐就和這雪一樣純白啊。

五 Birmingham

離考試越來越近便越發變得焦慮，生理上也覺得自己有點病了，喉嚨很痛，但越發焦慮越是不會去讀書，不敢面對現實。發自內心的希望考試趕快過去，可是又想起一旦考完試，表示離妳回臺北的日子就近了。

實在是不喜歡分離這一回事。

從York回來後妳總是體貼地陪著我，叫我努力讀書，但我都在玩植物大戰殭屍，妳也由著我。週末和朋友在商場裡複習，妳也只是靜靜地坐在旁邊陪著我。

到了考試的前一天，妳陪著我開車下Birmingham。同樣是工業大城，Birmingham給人的感覺和Manchester很相似，唯一的不同是Manchester讓人覺得它是紅色的而Birmingham則是藍色的。

和朋友在市中心一起吃馬來餐，看著他和他的新女友甜蜜的樣子，忽然發現有妳在身邊的我，更能去為別人的幸福而開心，對我自己而言，沒有什麼比擁有妳更幸福的了。

在朋友家裡用很爛的Mic唱歌唱到很遲，隔天又起了個大早去考試。妳起了身說加油，一個人開著車，找到了考試的醫院。結果考場的醫生和病人都比上課時的友善太多太多了，雖然覺得自己可以做得更好，但考完後確實鬆了一口氣，最糟也不過是如此。

回到朋友家時妳還在睡著，問我考得怎樣，剎那間真有種士兵打完仗好不容易回到家的慘烈感。

和妳一起走到市中心逛逛，Birmingham慘淡的市容讓我們兩人都有點浮躁，我一直後悔著沒開車，又攔不到計程車，害妳又要走了。市中心有個很傳統的市集，妳很新奇英國竟然也有愛逛巴剎的人。

吃完晚飯，朋友帶我們到Birmingham專有的運河走走，沿著河有許多吵雜的夜店和酒吧，運河旁卻總是很寧靜，很適合和妳牽著手一起走。

那河的盡頭，或許真能通往到有妳的世界吧。

六　Manchester

從Birmingham回來後，我病倒了。

我發現四個星期的時間，長到足夠讓我習慣與妳在一起這一回事，習慣到以為這一切都是理所當然的，我們會一直這樣下去。

然後我發現，原來我睡著的時候，其實妳還醒著，一個人喝著酒。我不懂妳是在我身邊時不開心，還是妳是因為要回去臺北了而不開心，我不敢多問，因為妳一直叫我不要理妳。

其實我嚇壞了。我記得妳說過，妳怎麼喝都喝不醉的。那在這個夜晚，讓妳醉的到底是酒還是愁呢。

請了半年多來的第一個病假，整天昏昏沉沉地睡著。考試當天是情人節，是我們在一起後第一個一起過的情人節。

我說要去Tesco買菜煮菜給妳吃，妳有點不可思議地看著我。推著購物車，想起四個星期前妳剛到英國的當天，也是這樣子一起來這裡買東西，心情卻好不相同。

到我買好了菜，回到家要下廚時，妳才知道我是玩真的。其實我想給妳的訊息是我是一個浪漫的人，只是人年紀越大浪漫這回事就需要更多的時間和精力。而時間和精力被醫學榨乾的我做出的菜其實實在是不怎麼樣，妳卻很給面子地說好吃好吃。

隔天不懂是被我拋磚引玉還是妳投桃報李，妳做的菜其實比我做的好吃很多。最後的這幾天，我們都待在家裡什麼也沒做，就窩在房間裡過著二人世界，彷彿這樣時間會過得慢一些。

想買份情人節禮物給妳，妳選了隻玩偶，妳給他取了個名字，叫阿木，妳說我不在時，他會在臺北陪伴著妳。

阿木，讓我想起林宇和林蒙。

其實時間的速率永遠都是相同的吧，秒針如何滴滴答答，都會走到妳要回去的那一刻。一切都會回到這一個月的第一天的情景，只是一切倒著進行。妳的行李鎖上了又打不開了，我開車載著妳去機場，妳打了通電話給妳媽，劃好機位，拖運好了行李，拿了登機證，我緊緊地抱著妳，目送妳消失在出境處的盡頭，然後開始擔心妳轉機順不順利，能不能順利抵達臺北，到時沒有手機用會不會有問題，倒數著我們下一次見面的日子。

回到朋友家我卻仍有一種錯覺，以為妳會幫我開門，看到我，會對我說：

親愛的，你回來了。

七　臺北

妳回到臺北去原來才不過兩個星期時間。兩個星期，其實已經很久了吧，兩個星期，可以發生很多事情。二姑過世了，我的考試成績出來了，差一分及格。

但經過一個月正面能量的積蓄，我還真的以為自己是天下無敵的，自己的字典裡，再也沒有傷心難過這兩個詞。我的心裡，全是屬於妳的那座城堡的藍圖。

這一個週末，我就只是靜靜地坐在這裡，然後驚覺，怎麼自己不小心就弄丟了什麼，怎麼找也找不到，自己也不知道，它是否時間對時就會再自然出現。

幸福如履薄冰，當不小心一腳踩空時，我以為我應付得了，我不是有意要自欺欺人，我真的以為我可以這麼大方。妳說我是座海，總是這麼成熟，可以不計條件不求回報地包容妳。

然後我發現我沒有辦法閉上眼，我睡不著。我不甘心，妳是我所有的所有，為什麼我失去得這麼輕易。我再怎麼大哭大鬧大喊大叫，我就是無法回到昨日那個自以為無敵的自己。

原來我根本不是座海，我只是一口枯井，看起來很深，其實根本就淺得裝不下多少委屈。

我不得不承認，這次我真的受傷了。

我不在乎他人那些閒言閒語。我和妳不就是很平凡普通的兩個人嗎？只是

很努力地想要在一起生活，為什麼有這麼多波折這麼多是非對錯呢。

其實怎麼硬，怎麼吞不下去，或許我們只需要一個擁抱，互相拍拍，我們還是可以牽著手一起走下去的。

只是這次我們都不在Edinburgh。

而臺北已經不是我熟悉的家了，它是我這輩子註定看得到去不到的城市。因為在英國這麼多年的我，不知不覺已變成這個國度的一部份，不管我開心不開心，我都能熟練地戴上面具，照著劇本演出，扮演好另一個自己的角色。令人害怕的是，我已經開始害怕離開英國這回事了。

我恨自己的若無其事，我在車子裡喊得嗓子都啞了，下了車我還是可以對他人微笑。我覺得很累，我閉上我的雙眼，我的心魔卻還在原地等我。

我將我所有的軟弱交給妳保管，妳卻將它遺失。

躺在床上，被重擊的傷口好痛，我突然覺得好難過，在棉被裡縮成一團，我問著自己，到底這痛要多久才會消失呢？傷痛總是給人一種自己什麼都沒有

了的感覺。

我看看自己到底還剩下些什麼，我有牽過妳的手，陪妳走過很多路的腳，聽過妳歌聲的耳，陪妳看過雪的眼，讓妳在上頭滾來滾去的大肚子。其實我有的很多，我最欠缺的是一個讓妳能依靠的胸膛。

真愛無敵，無敵不是不會傷不會痛，無敵是就算倒下去了，還是有勇氣像個男人一樣站起身來。

忘了已遺失的軟弱，我要為了妳，去找回更多的堅強，倒數著下次與妳相見的日子，一天喝一口水。

我告訴自己，到時，我會成為屬於妳的那座海。

趨光性

一

我獨自一人坐在客廳裡的行李箱上。

天微微亮了，陽光透過窗簾照射進來，曬乾我的淚痕。

一個夜晚就這麼過去了，我已經三天三夜沒睡了，雙手微微顫抖著。室友今天有個重要的會，仍陪了我一夜，出門前叫我自己不要想太多，有什麼事一定要打給她。

我一直重覆看著我們之間最後的訊息，妳叫我好好照顧自己，不要擔心妳，也不要再打擾妳了，給妳時間，有一天妳會痊癒的。

我怎麼遲到太陽昇起了以後才稍微清醒了一點，我一直以為我血淚交織而

成的文字能治癒一切，可是它並沒有。

我決定不要再高估自己的能力，不要再以為自己可以背負起一切，我覺得我需要找個人談談，我也需要人來治癒自己。

撥了通電話給朋友，不小心將睡夢中的她吵醒。她聽到我的聲音嚇了一跳，問我是在哭嗎，我說出事了，我需要找個人好好地談一談，朋友說她今天沒上班，我說我下班後去找她。

五分鐘後收到朋友的訊息，說她睡不著，說她很擔心我，問我這樣的狀態上得了班嗎。我回覆她說今天有Portfolio Review，不去不行吧。

想起過去的幾個星期裡，我一直和妳抱怨說Portfolio Review快到了，我卻這麼懶惰，什麼都沒做。而妳總是甜美地催促著我，叫我不要再懶惰了。

今天我終於因為自己的愚蠢失去了妳，我還要擔心這該死的Portfolio。

我的生命還有什麼好擔心的，這次我徹徹底底地輸了。我終究是不夠好，還是我只是輸給了這天殺的距離，如果我可以握緊妳的雙手，如果我可以抱緊妳。

想著兩個星期前的美好，想著地球另一端的妳，我真的好不甘心。我好想再看妳一眼，在妳最軟弱的時候，陪伴在妳的身邊。

我要去臺北，我跟自己說。撐起自己疲憊的身軀，洗把臉，刷了牙，刮了鬍子，換了衣服，出了門，開著車到醫院去。

我要去臺北。

到了醫院，走到八號病房，我問好幾個護士有沒有見到大咖，都說今天還沒見過。用病房裡的電話，傳呼了大咖幾次，卻都沒回應，反倒是自己的傳呼器響了，Register問我今天是不是會負責八號病房的病人，我不懂怎麼答他，只說我有要緊事要先找大咖商量。

我看了看牆上的時鐘，已經九點半了，大咖還是沒回應，忽然一個念頭閃過，便碰碰運氣播了大咖辦公室的分機。

謝天謝地，大咖真的接了。電話裡我只說我有要事要找他商量，便以最快的速度從病房走到大咖的辦公室去。

大咖見到我的樣子也嚇了一跳，拉了張椅子叫我坐下聊，我和大咖說，我有很重要的事情，我要請兩個星期的假。

我要去臺北。

大咖是個好人，也沒多問什麼，帶我到相關部門填了假單，只和我說確定回來上班的日期時再通知他。我問大咖我的Portfolio Review怎麼辦，大咖說別擔心，可以在我不在場的情況下進行，他看過我的Portfolio了，他覺得很OK。

離開前，我突然想起，和大咖說，他要的IV Immunoglobulin我昨天和藥房談好了，等他的簽名今天下午就可以施打。大咖說別擔心，他會再和藥劑師確認。

走出醫院時，陽光更耀眼了一些，好像我也離妳近了一些。

開車到了朋友家裡，和朋友說了事情來龍去脈，說之前，請朋友把音樂關掉，讓我在一片安靜中說。不知怎麼，在腦海中無限大的事，說出來了以後，好像其實沒那麼嚴重。我說，我不懂我為什麼會這麼在意，這好不像我。朋友說是因為我太愛妳的緣故，她說我應該去臺北一趟。

朋友見我三天沒睡了，叫我把車停在她家裡，開車載著我回到我Preston家裡拿護照，上網查了機票，運氣很好地當天傍晚就有國泰經倫敦香港到臺北的機位，隨手隨意把衣物丟進行李箱裡，和開完會回到家的室友一起，三人到鎮裡的麥當勞裹腹後，坐著朋友的車到曼徹斯特國際機場去。

在車上我播了好幾通電話，播給在馬來西亞過兩天就要出國去義大利玩的母親，播給在台灣雲林工作的父親，播給在臺北的朋友們，說我要立刻去臺北找妳。

最後我播了電話給妳，說我正啟程往臺北去，妳聽到時只是愣了一下，然後緩緩地說真的不用這麼麻煩了，我早知道妳會這麼說，所以我訂了機票安排好了一切後才告訴妳，妳說那好吧，等我到了臺北我們再聯絡。

原諒我仍是要妳等待，沒有天使的翅膀，沒有超人的披風，沒有小叮噹的任意門，平凡的我盡了最大努力，想以最快的速度到妳身旁，我還是需要二十四小時。

到了機場，和朋友室友一起找個咖啡廳坐下，焦慮地等待著登機時間的到來。臺北的朋友說，一切都準備好了，會到機場接我，會想辦法找一間離妳學

校不遠的旅館。

到登機的前夕，才發現身上沒多少現金，而且英國這先進國家機場的提款機竟然都壞了。

我和朋友及室友說，別擔心，那是臺北，朋友這麼多，餓不死的。

二

飛機起飛和降落之後，發現自己還在英國國土上，真是一件事令人感到挫折萬分的事。

晚間的London Heathrow總讓人感到有點不安，坐著接駁巴士，總怕自己坐到錯的航廈去。看著巨大的A380停在空曠的停機坪上，我想著此刻的妳會是什麼心情呢。

想必對妳來說，這也是個難以入眠的夜晚吧。

到了國泰的登機門口，太多不懂得要排隊的人讓我覺得自己離亞洲又近了一些，地勤人員也不友善地重覆著同樣的話語。

我在登機前打給了英國的兄弟，不懂是自己也想要被人關心，很多委屈想說，或是自己不想讓自己的思緒有太多可以胡思亂想的空白。

又或者我只是希望萬一飛機不幸掉下來的話，有個人會讓妳知道我其實很愛妳。我如此白癡地想著。

不過飛機起飛以後，每遭遇亂流，坐過無數次飛機的我卻感到十分害怕，一直祈求外公保祐，拜託，如果我這輩子死在空難裡，飛機也不要在這個時候給我掉下來。看著飛行航線圖，巴黎、柏林、地中海、雲南，都是我想和妳一起去的地方啊。

十多個小時的飛行對三天沒睡但還是睡不著的我十分難熬，但我仍能安慰自己每過一秒，自己跟妳之間的距離就少了兩百公尺。在機上把那些年再看了一次，聽著妳最喜歡卻總是不准我唱的蘇打綠，想著我見到妳時，我要和妳說些什麼，想了好多好多。

在腦海裡排練見面時我要給妳的擁抱，讓妳覺得，還是如同兩個星期前般溫暖。

而機窗外一片漆黑。不懂有沒有人曾經在坐飛機的時候看見星星。

當飛機降落在赤鱲角機場的跑道上滑行，我懸掛著的心才稍稍地放下來了一些，至少都到香港了。想像兩個星期的妳也曾在這裡，從現在開始，我只需要跟著妳兩個星期前走過的腳步，我就能到妳面前。

三趟飛行中，我身邊的旅客華裔的數目和與妳的距離成反比。但在人群中，我沒有一丁點的歸屬感。我總覺得自己是隔著一道無形的玻璃牆看著妳的世界，我想接近妳一些，但被現實縛緊的我卻總是無能為力。

就算只是暫時的，或許我也沒有辦法停留多久，但至少我鼓起勇氣來了。

當飛機降落在桃園中正國際機場時，心情有一點激動，雖然裝修中的第一航廈讓這裡看起來像個第三世界國家。

或許妳不知道，在很多很多年前，飛機降落在這座機場時，我都有種回家的感覺。

在我的家還在這座城市裡的時候。

希望有一天，不管我身處於哪座城市，妳回到我身邊時，也會有同樣的感覺。

出境之前將身上所有的英鎊和港幣換成台幣，才換到五千元有找。朋友和她男友一起來接我，走出擁擠的機場，坐上朋友的車，在人生中最徬徨的時候，有朋友來機場接自己，真的是令人感到十分溫暖。

臺北的天空飄著雨，朋友也沒多問什麼，她男友開著車載著我們朝妳學校開去，朋友給了我預先幫我準備好的電話和預付卡，我播了通電話給父母報平安，播了通電話給妳。

我說我到了，昨天我人在英國，今天我在臺北了，我和妳在同一座城市了。

妳說妳還好。

很想立刻就出現在妳的面前，很想立刻就看到妳擁妳在懷裡，只是天色太晚，距離午夜已不到三個小時。

車子到了林口，霧大得只看得見眼前十步之內的距離。

早點睡吧，我說，雖然我知道很不容易，天一亮，濃霧散去，就見得到我了。

我們找到了另一個朋友之前找好的旅館，朋友上去問，一個附近商家的店員告訴朋友，這家旅館兩年前已經倒閉了，她二十年前曾在這家旅館打工。

難怪之前打電話來都說是空號，朋友的男友說。

沒辦法，我們只好開著車在霧中的林口繞著，只是附近的汽車旅館不是客滿就是價錢昂貴得太不合理，朋友的男友說一定是這裡的醫學生都帶女生來開房間，朋友笑罵他說為什麼要這麼負面，不可以是他們的家人來看他們需要地方住嗎？

雖然朋友一直說見外個什麼，但我心裡總是覺得很不好意思，所以我感覺我們繞了好久。好不容易，找到了一間價錢還算合理的會館，放下行李，我們到了附近的一間摩斯漢堡坐下來吃我的晚餐，聽我說故事。

是我已經說了好幾次的緣故嗎？或是到了臺北自信與安全感又回到我心裡，我已經可以將一切說得很淡然。臺北速食店裡座位與座位之間的距離很小，我明明知道隔壁桌的人聽著我在說什麼，我也不以為意。

記得去年十月將妳介紹給我臺北的朋友認識時，我開玩笑地說妳是我林韋地駐臺北官方女友，其實我也不懂為什麼這一年多來，我明明很在乎妳，又愛在他人面前故作無所謂的樣子。

而過去二十四個小時裡，我也不知道我到底和多少個人，說了多少次，我好愛好愛妳。

我多希望自己早這麼說。

回到會館時已是午夜時分，林口的霧真的太大了，回會館時我們還小小迷了路一下。洗了澡，躺在床上，我想著自己曾經距離妳一萬公里，而此時此刻才不到十公里，從下定決心要來找妳，我馬不停蹄地穿越半個地球，我終於離妳是這麼近了。

只是已經四天四夜沒有睡的我，卻還是睡不著，若這樣下去，這已是第五夜了，我人生裡應從沒有這麼久沒睡過。打了通電話給在臺北上夜班的朋友聊天，掛了電話以後，到會館大廳上網，和在英國的室友繼續聊。

在網上看著我們的照片，彼此在部落格的文章，寫給彼此的電郵，我們在一起才短短一年，卻已累積了好多好多，多到有時候一不小心，就忘記我們最初在一起時的樣子。

我說我們要在一起，因為我們是同類。不管經歷過多少黑暗，我們都要做個正面的好人，我們都希望能為他人做些什麼，我們都不喜歡麻煩別人，我們不想讓自己親近的人擔心自己。

這兩天裡，我讓父母操心，我讓我大咖兩個星期內少了一名可用的醫生，我讓準備著大考的朋友和隔天預計一起慶起生日的室友送我去機場，我讓朋友和她男友下班後還要大老遠來機場接我，還要在霧中陪著我找地方住，陪我去吃晚餐。

我很過意不去，但是大家都認同我這麼做，認同我來找妳。就算我真的快要失去妳，我不認輸，我帶著很多的祝福而來，我們一定可以過到這一關的。記得我們剛在一起時，妳曾看著我在英國快樂地揮舞著旗幟，今天我把那面旗幟帶來了，我要將它插在這裡，從此在妳的世界裡飄揚。

因為時差的緣故，我已經三十六個小時沒有見過太陽了，這應該是我人生中最長的一夜吧。

至少，現在，我只需要等太陽升起。

三

朋友說他值完夜班後會來找我，陪我一起到妳的學校去。

比我預期地早，太陽剛剛昇起，我就接到妳的電話。於是我自己搭計程車出發，與朋友說我和他在妳的學校會合。

車子一出會館，計程車司機問我是轉左還是轉右，我回答他說，誠實地說，我不知道，他便很惡劣地帶我繞了一大圈，塞著車，繞出超過兩倍的車資，還有我寶貴的二十分鐘。車上的收音機播著民眾打電話進廣播電台投訴政府是怎麼在美牛議題上欺騙他們的感情。

都到這裡了，難道我想見妳一面就要是經歷這麼多波折嗎？

我到達妳的學校時，朋友已在校門口等了。我們都沒有想到彼此會這麼快就重逢，幾個月後再見，我們兩人的心境和幾個月前見面時都已大不相同了。

朋友拍了拍我的肩膀，說別擔心，人來了事情就解決一半了。

走入校門口後，我帶著朋友左轉走入一條小徑，朋友奇怪我對妳學校的路怎麼這麼熟，我說幾個月前我曾陪妳走過幾次。其實第一次來這裡是我十六歲的時候跟著一位學姐來的，那時遇到了一位讀台大歷史系的學長，邊走邊聽他說台灣民主進程，在那之前我都一直以為國民黨是好人民進黨是壞人。

小徑的盡頭是一個高大雄偉的紀念碑，上頭寫著「華僑乃革命之母」。這

個紀念碑就如同我們僑生在這個社會的處境，一直存在著，看似重要，卻只能隱身於邊緣處。

走過第三類組的教室，沿著走廊，走到妳宿舍的門口。我播了通電話給妳，說我到了。

不安地看著妳宿舍的大門，等待妳的出現。想著這幾天發生的一切，想著過去兩天的旅程，想著我心中無數想對妳說的話，無數個排練過的擁抱，想著這一年多來的我們。

妳卻遲遲沒有出現。

聽到朋友在我身邊咦了一聲，我轉過頭去，看到妳和妳的朋友出現在走廊的盡頭。妳穿著我的皇馬球衣，我試著面露微笑地走向妳，妳卻哭著向我跑來緊緊地把我抱住。

妳終於回到我懷裡了。

抱著妳，我想起我們第一次相聚，是在妳家裡，我們還沒來得及交談，妳媽就拉著我問了一堆問題；第二次相聚，也是在妳家裡，妳在房間裡聽著音樂在畫畫，我走進妳的房間妳也沒察覺，我不敢打擾妳，坐在妳的身後望著妳，

過了好久，妳轉過身來看到我便嚇了一跳，笑問我說什麼時候來的；第三次相聚，是在桃園中正國際機場，我到了以後沒看到妳，打了電話問妳在哪裡，妳說妳走錯航廈了，那天妳穿著一件很好看的褐色長裙，人到了臺北也變得更有氣質了；第四次相聚是在曼徹斯特國際機場。

原來這只不過是我們的第五次相聚而已。

像害怕再次失去妳般緊緊地抱著妳，聞著妳的髮香，拍拍妳的背，在妳耳邊說，一切都沒事了，妳說過妳想見我，現在我來了，有什麼問題，我來幫妳處理，有什麼事情，我會陪著妳一起面對。

就這樣抱著妳好久，朋友很配合地找妳朋友聊起天來。看著妳的臉龐，比起兩個星期前的妳，憔悴好多，知道妳這次真的受傷了，我覺得好心疼。想用拇指將妳的淚拭去，妳卻自己將眼淚擦乾，說妳沒事。

陪妳去處理學校的事情和請假，妳叫妳朋友回去上課，我朋友也回臺北睡覺去了。和妳坐在團輔室裡，握緊妳的雙手，在來之前，心裡有好多好多的話想對妳說，此刻我卻不懂該說些什麼，該從哪裡開始說，或許我不需要說太

多，我來了，出現在妳面前，比任何話語，更能表達出我想說的。

我只是深深覺得，如果從與妳在一起的第一天起，就能天天在妳身邊，沒有距離，我們就不會經歷這多波折吧。

妳說不好意思，給我添麻煩了。我想，我們之間的問題就是隔著半個地球分太多妳我了吧，總覺得對方有更好的選擇，怕對方不開心，怕對方為自己受委屈，然後便寧為玉碎不為瓦全地自暴自棄。其實，如果今天我們互換處境，我相信妳也會放下學業，不顧一切地來找我。

妳說妳讓我失望了，覺得自己不再特別了，我明白那份內疚和自責，我也有，只是一時軟弱不能否定一直以來的堅強，做錯一件事不能否定之前做對的一百件事。一朵微笑的向日葵的一生裡，也不可能天天都是晴天，原諒我這顆不成器的馬鈴薯，無法總是來得及出現在妳身前擋住危險。

至少，在一切過後，我們還是我們。

我只想陪著妳，一起面對需要面對的，給妳些意見，替妳加油打氣。我小時候曾在這個教育制度裡吃了虧受了委屈，那時沒有人幫我出頭，所以今天學校有處理不好的地方，我一定會替妳反應，或許我們不能改變什麼，也要不回

什麼公平與正義，但我想讓妳知道，我和妳一樣覺得那是不對的，我總是和妳站在一起。

幫妳打電話給妳家人報平安，應付來自四面八方的關心，我開始學會囂張地說，我人到臺北，有在妳身邊，就沒什麼好擔心。

心中有股莫名的驕傲。

在英國參加足球比賽時，我都是擔任守門員的位置。想著太多太多的如果，萬一，幸好，千鈞一髮，我終於還是來得及在摔得粉身碎骨之前，將我們牢牢地緊緊抓在我雙手裡，絲毫無損。

此時此刻，是我一生中最不可一世，最意氣風發的時候吧。

不可一世地想要仰天長嘯。

這次來臺北，是我一生中做得最對的一件事啊。

將我們的愛輕輕放下，妳說妳沒事了，想要回去上課，等下還有考試。

然後我倒在輔導處的沙發上睡著了。全身放鬆，沒有做任何的夢。

只是睡得很熟，很熟。

四

我開始喜歡上啟程去找妳的感覺。

清晨時分，我走出在臺北租下的套房，沿著重慶北路，走過三個紅綠燈，經過一個警察局，走到地下街裡的7-11，買一個哇沙米鮭魚口味的飯糰和一瓶純粹喝的醇乳奶茶作早餐，走到臺北西站，等1210公車。

只有在這個城市，我才會坐公車去找妳。

外面下著雨，空氣中的水蒸氣遇見冰冷的玻璃凝結成水珠落在我的手上。去年十月，是妳教我怎麼坐公車去找妳的，那時坐了一次，只覺得去妳學校的路途真的好遠，今天，妳也說妳要忙著上課，不必這麼麻煩大老遠跑來找妳了。

可是去年十月，好幾次，妳卻不嫌麻煩地自己一個人坐公車來臺北找我，又自己一個人坐回林口去。

今天車上的乘客不少，有年輕的學生，有上了年紀的大叔和阿姨，下了高速公路，到了林口長庚醫院，大部份的乘客都下了車，又上來一批新的乘客。

其實我小時候會知道林口這個地方，是因為父親在這間醫院上班的緣故。那時覺得這個地方離臺北好遠，因為父親每天都要很晚才會回到家。

下著雨，今天林口的霧更大了，一直在尋找妳教我認的保齡球瓶，卻一直都沒有看到。當公車左轉的時候，我在想是不是應該要下車了，卻猶豫了沒有按鈴。到林口農會時，車上所有乘客都已下車了，只剩下我一人，過了數站，公車在一片竹林中停了下來。

「先生，已經到總站囉。」司機說。

「已經到總站了嗎?那是已經過了僑大了嗎?」

「早就過了啊，不懂你怎麼不問呢。」在英國住久了，不是很習慣輕易就會受到陌生人責難的文化。「你現在趕快過去對面等車，下一班車很快就來了。」司機又好心地跟我說。

上了下一班公車，司機看到我便問我是不是坐過頭了，我說是啊，他說今天霧這麼大，是比較難認些。我問司機往回坐會很遠嗎，他說不會，幾站就到了。

「大哥，師大下一站噢。」

下了車，走過那霧中的保齡球瓶，從站牌到妳學校，是長長的一條直路，

或許因為是直路的緣故，走起來總覺得特別遠，中學住在北海時，下了公車以後也是同樣地要走這麼長的直路才能回到叔叔家，中學畢業以後已經很少走這麼長的直路了。還記得第一次來的時候，心裡一直在想著，到底要走到什麼時候才會到啊。只是今天走起來，已經不覺得遠了，想起妳很多次一個人孤伶伶地走著這條路回到宿舍，我想我幸福得多，至少在終點，有妳在等我。

大白天的，我卻可以看得到昏黃燈光下我們兩人牽著手的影子。

到了妳學校以後，知道妳在上課，不想打擾妳，只寄了個簡訊告訴妳我在妳學校裡。自己一個人到福利社，買了滿漢全席的牛肉泡麵，和統一的麥香奶茶，和餐廳的老闆借了碗，加了熱水以後坐在最左邊最後面的座位上吃。從小就愛吃這個牌子的泡麵，只是那份量對小時候的我來說真的太大了，每次都吃不完，父親就告訴我，先吃肉，再吃麵，我每次都肉吃完以後，麵沒吃兩口就差不多飽了，父親就會幫我把剩下的麵吃完。

現在這包泡麵對我而言，已變得很小包，三兩下就吃完了。吃飽以後，就拿駱以軍的《紅字團》出來讀。去年生日時在FB許下生日願望，如果駱以軍來

祝我生日快樂我就把他的書就第一本從最新一本買下來看完，結果他真的來祝我心想事成，可是我到現在只買了兩本，有點慚愧，要努力追上進度才行。

讀了別人寫的故事，自己也想寫些東西，到福利社買了本黃色的筆記本，確認它的大小夠我塞進我的大衣口袋裡，想說在臺北的日子裡，有空的時候，就可以隨手寫些東西給妳，在離開臺北的前一天，送給妳當禮物。不懂是不是科技發達的錯，絕大多數我的文字都是用電腦打下的，除了一次在飛機上和空姐借了紙筆，那時我唯一親筆寫些東西給妳的時候吧。

靜靜地寫著東西，等待時間過去，和妳的出現。想著幾個星期前在英國，妳也是這樣每天等著我下班，互換位置，體會著妳那時的心情，心裡竟洋溢著一種幸福感。以前每次回來台灣，看到朋友都有自己的事情要做，發現自己不再屬於這裡了，便覺得很孤獨，想要逃離這裡。

下了課的妳匆匆忙忙跑來，說不好意思讓我久等了，其實我大可不必特地跑來，而且等下妳又要去上夜輔了，都沒有陪到我，覺得很內疚。其實在英國時，等我值班回來，我們不也是相處不到一個小時，我就累得呼呼大睡了。可

以看到妳，可以和妳吃一頓晚餐，聊一聊今天發生了什麼事情，我就覺得我在臺北的一天過得很有意義。

等妳回宿舍後，我一個人坐著計程車回臺北。計程車裡載著另一個男生，他說他曾經是這裡的學生，來這間學校找他的女朋友。司機問我為什麼會來這裡呢？

「我也是。」

我說。

五

一直夢想有一天能和妳住在同一座城市裡。

過著同樣的時間，分享著同一個太陽，走路的速率相同，有著共同的朋友，或許不必每天見面，但只要想念彼此時打給對方，就能在一個小時內見到面。

週末或假日，可以和妳約會，因為不是拖著一個大行李，所以自己可以穿得像樣一點，看是要去地下街抓娃娃，去誠品讀書，坐在星巴克的櫥窗前聊天，還是去故宮或北美館看展覽，去陽明山賞花，去北投泡溫泉，或者去台大排隊等鬆餅，討論到底哪一朵花是杜鵑花。

多希望這樣的生活是常態，而不是放年假時曇花一現的美好。

抱著這樣的夢想，我上網想找些台灣工作的相關資訊。不明白為什麼在台灣或中華民國這個服務業全世界一流的國家，政府部門的網頁可以做得這麼爛，我會看中文都找得這麼辛苦，又有幾個外國人覺得這些網頁有用。

沒辦法，只好起了個大清早，從重慶北路的套房出發，走到衛生署一趟，得到的回應是熟悉相關法令的同仁不在，請我再打電話回來問。雖然我心想就算來台灣工作的外籍外國畢業醫生這麼少，這麼大個衛生署也不會只有一個人懂相關法律吧，但也沒關係，不急，就再打電話就好了。

接下來兩天，打電話打了十幾次，總是說不在，或是在忙在通話中，十五分鐘再打來，十五分鐘後再打去，就沒人接了，應該下班了吧。到好不容易找到人了，對方卻很不友善地說：「那你就去考國考啊，考到一試了我們就會安

排你實習。」我問她那要怎麼報名，她說我就去教育部做學歷認證，然後去考選部報名。本來還要很多問題，不過聽到她這樣的態度，我也不想問了。

到了台大醫院附近的教育部，卻說他們沒有在做學歷認證，我是英國畢業的，學歷認證我要到倫敦的中華臺北辦事處，想到我已經沒有假了我還要去倫敦做學歷認證，我就像洩了氣的皮球，但心想都已經在臺北了，就攔了計程車到文山區的考選部去。

考選部的人非常友善，關於報考國考的細節跟我解釋得非常清楚，讓我心裡舒服很多，只是國考後如何他們也不是這麼清楚。父親叫我再去移民署和外交部問工作簽證的細節，我已經沒有力氣了，總之也是要先等國考過了才來打算。

全中華民國總不可能因波波事件修改法令條文之後就一個外籍外國畢業的醫生都沒有吧。

只是我還是不懂，在做了廉價勞工實習一年後，我還需要做PGY一年嗎，還是可以直接進內科當R呢。

而我又真的有勇氣放下一個月十多萬台幣的薪水來這裡從頭來過嗎，當身邊所有的人都在往前衝時，我卻走轉身走回起跑點，會是一件很愚蠢的事嗎？

二十八歲了，還要父母親來養自己嗎？而自己以後是不是真的有能力，在惡劣的現實裡，給妳一個好的生活。

沒有光的我，還值得妳愛嗎？

才發現自己爬得越高，懼高症越嚴重，深怕自己一不下心就摔了下去，只是摀住眼睛摀住耳朵，拼命得往上跑，也不去想自己為什麼會在這裡，而頂點又是哪裡。

若我不能照顧妳，我又怎能心安理得地去幫助他人呢？

從考選部出來，獨自一個人在太陽底下漫步了好久，然後攔下一輛計程車，坐到信義路四段的舊家附近。每次經過信義路四段，都會抬頭看看從前自己的家，我還記得家裡的裝潢，還記得從家裡看出去的窗景，只是我總不能上去敲著別人的門說，讓我看看我的舊家吧。

而信義路也不同了，開挖捷運後，感覺好像小時候的忠孝東路。

離開台灣也十五年了。十五年來，臺北是變了很多，從前東區世貿再過去

什麼都沒有，小時候讀國中的歷史參考書，最後一章是三民主義反攻大陸之現狀和展望，現代文閱讀測驗裡寫著，中國的四個現代化，是大話、謊話、笑話和空話。

十多年來，臺北給人感覺它一直努力變得再更國際化，更現代化一些，但臺北就是一個努力想要乾淨卻乾淨不起來的城市，走在人行道上，一不小心，還是會踩到狗大便。

只是再多的英文標語，也改變不了這個城市對外國人並不是這麼友善的事實。或許是英國對我太友善，在英國念大學，沒有人抱怨我佔了英國人的學位，在英國當醫生，沒有人抱怨我搶了英國人的工作。

又或者是我的錯，如果我不說，在這個城市裡沒人能輕易察覺我是個外國人，生命中三分之一的時間，都在這個國家裡渡過，在遇到法令條文以外的時候，我也不確定自己是不是。

去看全英賽的時候，其中一場女雙是中華臺北對上中國，或中華人民共和國。現場的中國人很多，台灣人則沒看到幾個，中國加油之聲此起彼落，我

就大喊台灣加油，一開始大家各喊各的，相安無事，後來坐在前面的中國人竟然以嘲諷的語氣大喊「台灣省加油」，我怒不可遏，就接了一句「中華民國加油」，前面所有的中國人都轉過身來找是誰這麼喊，同行的馬來西亞人都叫我冷靜些，但我沒有閃躲，就看著他們，只是現場的華人實在是太多了，他們也認不出是我。

其實他們只要看著後方再大喊一次「台灣省加油」，我也不會保持沉默，但他們沒有這麼做，就帶著一種輕視的微笑轉過身去，也不喊中國加油了，反正，他們人多，最終中國一定會贏的。

都是徐蚌會戰的錯。

十二歲時到底為什麼會離開台灣到今天都還是一個謎，接下來的日子就一直在問自己，如果當年沒有離開臺北，自己會是一個怎樣的人。十八歲時的自己曾經為了不能回來台灣而痛哭流涕，到很多年以後，能將這一切釋懷，是因為知道，如果任何自己的過去更動了，假如我沒有離開臺北，沒有回到檳城，沒有去英國，那很大可能，我就不會遇到妳了。

只是十年後的今天，那時不能去台灣的那份恐懼，又回到我心裡了。

六

和妳和朋友們坐在同一間K房裡，我其實覺得很幸福，那份幸福，或許是來自於一種歸屬感。從小學認識到現在，大家都在世界的不同角落裡生活，十多年後，還可以坐在一起唱歌，很令人感動。

只是可惜最後我們卻忘了拍一張大合照。

唱歌後和朋友一起吃些點心聊天，聊些在台灣當醫生的事，朋友還拿了一套國考的參考書送我。從前一直很羨慕朋友，可以不需要移動，在同一座城市裡長大，做天之驕子，和他的女朋友同系，在同一座城市裡生活。

其實或許我也可以，只是我從來沒有爭取過，就任由自己這樣隨波逐流了，覺得自己到什麼環境都能適應才是王道。

妳說得對，我是一個太優柔寡斷的人，明明很軟弱，又故作堅強。自以為自己為他人著想，平衡來自各方對自己的期望，因為我本來就是一個看到別人開心自己就會開心的人。

只是為別人著想久了，別人和自己就都會以為，其實這一切都是自己想要的。

帶妳到北醫附近吃鐵板燒，我問妳好吃嗎，妳說很好很好吃。這家鐵板燒我從小學的時候就開始吃了，那時候常和父親一起來吃，吃飽以後就到吳興國小打棒球。後來每次回來臺北，都會來吃這家鐵板燒，每次來都很怕它沒營業收掉了，希望每次都沒有失望。

妳說這鐵板燒師傅很有人文氣息，知道我在英國工作，還問我有沒有學徐志摩去康橋划船。

小時候我就很喜歡這個師傅。有一次母親在這間鐵板燒請客，那時店裡還有另一個師傅，在幫我們弄，我就一時童言無忌地說我覺得這個師傅弄得比較好吃，結果母親就很大力地踢了我的腳一下，我那時還很不懂事地問她幹嘛踢我。

從小，母親就教我們要做一個為別人著想，把自己放在後面的人。

可能是因為母親也是一個這樣的人。

母親曾經是北醫的神經內科主任，我小時候有很多時間，都待在這間醫院裡。十八歲時想回來台灣念醫，這裡也是我的第一志願。

今天要我放棄在英國工作三年的努力重頭來過，我都會感到很惶恐，我不懂當年母親是有怎樣的勇氣放棄她在台灣二十年的心血。

父親說，夫妻是不可以分開的。

母親就放下一切帶著我們跟著父親回去檳城。

真愛無價。

三年後，父親就自己一個人跑回台灣去了。

七

離開臺北的前一晚，我緊緊地擁抱了妳，希望這樣，自己的心就能記得妳的體溫。

我回去了，好好照顧自己，愛妳。

我說。

朋友陪我坐計程車去機場，幾個月以後，他又送了我一次。想我和他一起泡溫泉，一起吃燒肉，一起聊各自在這世界上活著的時候做了什麼，現在又擔心

些什麼，就好像小時候我們一起打球，一起打電動玩具，一起怕被老師罵一樣。

聊到我太遲進去怕來不及通關飛機不會等我。

飛機起飛的時候，我一直看著底下的城市。

我想為了妳蓋一座城堡，卻不知道該蓋在這裡。

這裡終究不是英國，人與人之間的距離近得多，碰撞多，摩擦也多，每分每秒人們都不斷地在評斷著自己身邊的人。

這城市就好像一個很大的漩渦，讓人不敢著陸，怕一進去就被淹沒了。

但或許因為這樣，才更顯得身為這城市一份子的可貴。

也曾想過將妳帶回我的身邊，可以在英國、檳城或新加坡，可能我們的生活會更容易些。或者，這只不過我自私的想法。

記得妳說過妳喜歡舞臺，可惜我認識妳的太晚，沒有機會看到妳在舞臺上發光發熱的時候。一直希望有一天，我會再有一次機會。

而只有在這全世界唯一一座民主法治的華文人文都會裡，妳才能吸取到最多的養份吧。

在新加坡機場轉機，要等上好幾個小時，朋友特地為了陪我吃一頓晚餐，

下班後坐計程車趕來，而且晚餐還要她請，因為我身上沒有新幣。

她應該是唯一一個透過我們的文字認識我們的人吧。

聽她說她和她男友為了未來在努力著，我突然想到妳說過的，妳很想去的，很想親眼看到的那一大片向日葵。這世上有多少情侶像向日葵追著太陽般追著幸福。

我們是同類，我們是馬來西亞華人，我們是獨中生，要認同自己的身份，就註定了要一生的漂泊。而兩個漂泊的人，在這個世界上，要堅持對方是自己的唯一，要相愛相守，是多麼的不容易。

我們明明，就只是想在一起而已。

妳總是問我，妳這輩子到底是做了什麼好事，能讓我這麼愛妳，明明我就有更容易的選擇。

我想，沒有人會懷疑為何向日葵總是朝著有光的方向生長。

而妳，就是我的太陽。

於是我來到了新加坡。

因為經濟上的成就，新加坡近來好像成為台灣社會羨慕和比較的對象。

但我來到這裡，是為了離臺北近一點。

左右之間

我們活在一個看似平穩的世界裡，身邊卻總是太多細微的動盪，等著人們去細心觀察和留意。

難得與妳坐在冬天的麥當勞裡，妳說起台大學生聲援紹興居民的事。我說在台灣這個右派社會裡，總是會有很多這種不公不義的事情。

或許我的語氣太過平靜而顯得冷漠，妳說這麼說好像顯得太片面了，應該對整件事深入瞭解以後再評論才是。

每個人都願意加稅百分之二十，政府就會有更多資源去做更多福利，照顧更多的弱勢，那這些令人義憤填膺的事就會少很多。但是因為成長的價值觀的關係，沒有人會願意這樣做，所以台灣連個左派政黨都沒有，因為那個社會總是鼓勵成功，懲罰失敗，然後再期望那些成功的人會多做公益，掛上個大善人的面具。

妳問我這些論述有出處來源和參考書目嗎，還是我個人隨口說說而已。

沒有什麼參考書目，出處是我在高中和剛上大學時，因為受到太多儒家思想的荼毒，覺得有能力的人要關心社會為社會做一些事情，所以每次聽到身邊有人交不起學費或醫藥費的故事時總會不由自主地覺得很難過。

所以當我有機會飛往地球的另一端時，我滿心期待，以為終於可以親眼見到一個人人都可以享有免費醫療和低廉學費的理想國度，不再有一攤血的故事，也不會有學生因為要打工賺學費而沒時間參加學運。

結果我看到滿街領著失業救濟金不事生產成日飲酒作樂吸毒的人到醫院騙嗎啡，便驚慌失措地逃回亞洲。

然後我看到在畢業典禮上被大學生狂揍的董總主席，在立法院被大學生罵得狗血淋頭的教育部長。

忘了是從什麼時候開始，那些高高在上的位置，開始坐著一些無法贏得他人尊敬的人，或者他們一直以來都是如此，只是那面具被扯下了。然後人們開始不敢相信他人，甚至不敢相信自己所看到的，人們總是想盡辦法維護自己的權益，所以人們投訴老師好讓自己孩子得到最多的關注，人們去法院告醫生好

讓自己父母得到最好的照顧，彷彿只有怕被投訴的老師才會盡心教育下一代，怕被告的醫生才會全力救助病人。

人性本來如此。

那股想要改變社會的熱血，會隨著時間慢慢轉換成亦步亦趨小心翼翼別讓自己惹上麻煩的聰明。

經過妳的提醒我才發現自己已落入二加二等於五的邏輯漩渦裡，左派右派或其他各式各樣的二分法可以輕易地解答任何複雜的難題，和說服自己。愚蠢如我筆下再也寫不出一個烏托邦，找不到揮灑汗水的方向。我埋頭尋找參考書目，尋找一個還能被相信的主義。

沒有，沒有主義。

我曾經在左派的社會試著勤奮，只能希望日後我會在右派的社會裡繼續寬容。

左派愛情之必要

上了大學以後的妳日益變得更有愛心了，一下看到流浪狗被虐待的影片便流淚說要加入動物保護協會做義工，一下響應學長姐發起的活動，收集便利商店的貼紙換泡麵送給遊民。

妳和我聊起時我說在台灣這種右派社會就會有很多這種關懷弱勢的運動，在英國這種左派社會這些事情根本也不會有人太熱衷，因為人們都會覺得是政府和社工的份內事，本來就應該做好。妳卻反駁我說這麼說太武斷、太偏激了，我都沒深入研究過文獻。我愣了一下，我一直以為在妳面前大發厥詞，營造一個聰明睿智的形象是讓妳對我深深著迷的必殺技。老男人本來就是有在年輕女友前炫耀知識的欲望，就好像當年我和妳解釋共產主義是極左派，社會主義是左派，資本主義是右派，法西斯主義是極右派一樣。

也許是察覺到我的不安，妳說了聲抱歉，說是最近書讀太多了有點職業病發作，我完全可以理解，如果有個人在我面前說癌症不用看醫生，吃直銷產品就會好我也會問他是在哪裡看到了哪篇論文這麼說，然後把他抓起來狂揍。只是我也知道從此我那憑一些個人觀察就可以在妳面前大顯神威的時代，已經過去了。我開始惶恐原來我的學術基礎是多麼地薄弱，簡直和電視上的那些名嘴沒有兩樣。

我決定了，在沒有引用參考書目的情況下，以後我的文章只能以愛情為題。不懂還有沒有人記得，就在不到一百年前，一個男人還是被允許能擁有很多個老婆的，那時的老婆名目可多了，第一個娶進門的叫妻，接下來的叫妾，還有一大群身體屬於老爺但通常不到緊要關頭派不上用場的叫奴婢。在那個男人互相殘殺的年代，男人之間的貧富差距超乎現代人的想像，或許那時的經濟學家也覺得將女人集中起來交給少數富有的男人，能使女人得到比較好的照顧。所以一個男人的社會地位，由他所擁有的女人數目來決定，皇帝三千，王侯數百，富商數十，若妳的老公只得妳一個老婆，那妳可能要擔心分分鐘一不小心就會死於戰亂或饑荒。男人有三妻四妾很平常，吃飯吃久了也要吃麵是右

派愛情的中心思想，一直到現在時局穩定了，男人之間的貧富差距早已不似從前那麼巨大，但這邏輯仍在男人腦海裡根深蒂固，君不見時至今日男人一聽到某某人是百夫長有千人斬均露出一臉稱羨之色，更過份的是有些男人人頭獵得多也就算了，還要錄成影片留念，搞得一大堆人憤怒地大喊說他憑什麼。

通常憑什麼，後面沒說出來的那句都是，為什麼不是我。

所以女人永遠都不能明白，為什麼她們拒絕一個男人時，男人會那麼傷心欲絕，因為在右派愛情的邏輯裡，愛情總是和自身的能力掛勾，妳拒絕他對他而言不只是拒絕他的追求，也否定了他的全部，在他的身上印下一個失敗的烙印。一個男人努力的所有，不就是為了可以把到自己想要把的妹嗎？

只是隨著時代進步，貧富差距再次擴大，看慣了社會裡太多的不公不義，太多的妹被富二代和靠爸族搶走，知識份子和假文青們總會漸漸左傾。而今日的女人，也非一百年前的女人，醫學院裡女學生的人數早已超越男學生，妳的大學附近有女巫店，女巫店旁有女書店，滿腦子想著怎麼把妹的反動派會被女性主義者丟出店去，我們需要一場愛情大革命，男人需要重新分配女人，女人也需要重新分配男人。

男人不能再沒出息地靠爸爸的法拉利騙女人上床，因為太多的女人賺得比你更多。男人不能再自以為幽默風趣滔滔不絕，很多時候要懂得沉默是金細心聆聽，因為太多的女人比你聰明。要懂得做家事倒垃圾燙衣服，會做菜的男人最性感。可以不開車但當她迷路要能隨時隨地指出最近的捷運站，和任何通往她家的公車路徑。在她辛勞地工作一天後幫她按摩，起身小便要尿在旁邊深怕吵醒她讓她能一夜好眠，兒子餓了就泡瓶牛奶把奶瓶塞進他嘴裡。

是的，我們就是要齊頭式的平等。因為在這個時代，只有最中性的男人，才可以到處解開女性友人的胸罩而不會被告。是的在左派愛情裡，男人從此會笨一些，小氣一些，瘦弱一些，沒有存在感一些，但那又有什麼關係呢，許多從前男人扮演的角色，已經可以由女人取代了。

男人變笨是必然的，因為性慾是男人求知的最大動力。

但時代變了，我們不再需要照顧那麼多女人，我們只需要能對一個人忠誠。我們不再追求更多更正更嫩的女人，我們只需要一個適合自己的對象，我們要真愛，真愛無敵。不再有害數十個女子嫁不出去的富二代，不再有到處傳

播性病的公子哥。我們男人不一定要去夜夜出去覓食，我們安於自己，靜靜地供她人選擇。

在這因太多貪婪而帶來太多空虛寂寞的世界裡，從此以後會更少沒有男人的女人，也更少沒有女人的男人。

此為左派愛情之必要。

28

受到一位帥哥學長的影響，我也開始在每年生日時寫一篇的文章給自己，當作一種回顧反省與對未來的展望。

畢竟這是一個只對自己有特別意義的日子。

過了二十五歲以後，就不再那麼期盼生日的到來，生日當天開始要上班，不像年輕時能蹺課去大肆慶祝。每過一次生日，自己離三十大關又近了一步，這真令人感到焦慮，村上春樹在我這個年紀已經寫出《聽風的歌》了，我這隻老鼠還寫不出一隻屬於自己的老鼠。

六年來第一次在亞洲過生日，上司買了個生日蛋糕給我，還拉來一群無辜的職員來幫我唱了首生日快樂歌，著實令人受寵若驚。下班後和二姨媽一家人一起，走了很遠的路，去吃一家表妹說很好吃的西餐，結果普普而已。飛機起飛的時候，我發現自己才來了這個島兩個月，怎麼有種已經來了很久的感覺。

經歷了太多心情，不懂我是不是已經有資格說我又適應一個地方了。

或許是大家都趕著下班和回家睡覺的緣故，飛機到達檳城時較預期早了半個小時，但仍已過了午夜時分。我二十八歲的頭二十五分鐘，我就獨自一人在月光下站著，機場是我的背景，馬來計程車司機大哥破音唱出的馬來歌是我的背景音樂。

和來接我的舅舅一起去吃了頓宵夜，一直被他念，他在MAMAK叫了杯拉茶，結果來了一杯超大杯，他就抓那個服務生來痛罵了一頓，因為那個服務生幫我們點餐時很心不在焉地一直在玩他的愛瘋。非常享受被舅舅念和看他罵人的過程，因為可以在他身上看到太多外公的影子。

我一直很努力回想三年多前外公過世的那刻，我在英國是在幹些什麼，但我一直想不起來。我一直在想，如果那時我考不過，那就真是難堪和好笑了。

外公保祐。

回到家裡，老媽已經睡了。打開臉書，有一百多個生日快樂的祝福，我朋友真多。和一個在英國祝我生日快樂的學妹聊了起來，說有個病人提起我，問我跑去了哪裡。她現在也坐上我從前坐的位置了，和她說起醫院的人事物，和值班時的種種，只覺得那段在醫院裡和死神搏鬥的歲月已經離我好遠了。英國那龐大的官僚體系和灰暗的天氣，從熱帶的角度看過去，好像也不是那麼糟。

會後悔嗎？學妹問我。

後悔？不，沒有什麼好後悔的。

到哪裡都是一樣的，當醫生最令人感到挫折的地方就是，不管在當下你多麼有心多麼盡力地去做，事後回頭來看時，都還是可以找到自己應該做得更好的地方。有時擔心得太多，有時該想的沒想到，也不懂是害怕犯錯，還是害怕犯錯後的內疚和自責。要有自信，但該放下自己的自尊心時要適時放下，要虛心，縱使會讓人誤以為你心虛，才能學得更多。

每年過去，歲月是蹉跎了不少，自己也學到了很多。

或許和妳在一起以後，妳帶給我的最大不同是，我再也不是那個只會緬懷過去幻想未來總是無病呻吟對現實抱怨連連的那個我了。

於是

外婆

二姨媽說她最近做了一個夢。

她睡醒的時候房裡空無一人，走出房門打開了另一個房間的門，她看到兩個大人和三個小孩在房裡睡著。

於是她向外走，走了很久，看到老媽，老媽和她說，外婆的血糖還是很高，老媽的手上拿著一瓶尿液。

她找了個地方坐下，感到很困惑，為什麼她看不到外婆。

突然間地上浮現了一個黑洞，瓶子裡的尿液開始流進那黑洞裡，她感到很害怕，因為那瓶尿液是要拿來做檢測用的。於是她試著往黑洞裡看。

這時候三姨媽從另一個房間裡走出來，告訴她說她剛遇見外婆了。這時她往黑洞裡看，她看見外婆在問說是誰把水倒到她身上，她試著從黑洞裡爬出來，但是她不能。

突然間她看到一個梯子，於是她試著爬下去找外婆。

當她到下面時她看到有一群人在哪裡，但她無法到他們那邊去，被隔離了。她問他們要如何才能到達他們那邊，他們說沒辦法，所有的路都被擋住了。

這時她的鬧鐘響了。

她醒了。

外婆過世的時候，我在從台北回到新加坡的班機上。飛機一降落，開了手機，就收到老媽的簡訊，說外婆過世了，三日後出殯，叫我向公司請假回家。拖著行李回到新加坡的住處時，房間裡的桌子上留著一張二姨媽寫的字條，說外婆過世了，二姨媽一家人已經買了隔天清晨一大早的機票回家。

那時我才剛剛開始在新公司上班不久，不敢請太多天假，所以在值完週末的班後，才買了機票飛回檳城。

老媽說家裡的人都很忙，沒有人能到機場接我，於是我第一次從檳城機場自己一個人坐計程車到外公家。開計程車的司機是個華人，看起來很年輕，最多大我幾歲，我一上車他便開始滔滔不絕地說個不停。

「大佬你從那裡回來檳城啊？」

「新加坡。」

「大佬你在新加坡工作還是讀書啊？」

「工作。」

「新加坡我也熟，我也住過幾年，我也是有很多朋友在那邊工作的。在新加坡工作也還可以喇，應該也沒有賺很多喇，物價那麼高，換算後也是和檳城賺的差不多喇。不過你還年輕，去外面看看賺一些錢也還不錯喇，檳城這麼近，你要隨時回來也可以回來。所以大佬你這次一定是回來渡假吧？打算去哪裡玩啊？」

「家裡有一些事情。」

「難得放假回來就好好玩啊，放鬆一下心情啊，你人看起來就不會這麼沉重啊，在檳城有沒有認識漂亮女生啊，找她們出去啊。」

當計程車開進跑馬園，我看見外公家的院子前搭起了白色的帳篷，帳篷下放著花圈，和白色的桌椅。

「大佬你家是哪一間啊？」

「在做白事的那間。」然後我在他還愣著沒反應過來前給了錢下車。

當我走進外公家院子的時候，院子裡的人看到我便大聲嚷嚷說，韋地回來了，一個傳一個，便看見老媽從外公家裡走出來，以類似醫生給予指示跟我說，走到門口，外婆的靈柩前，用跪的雙膝著地走進門，然後和外婆說你回來了。

在那個氛圍下，我人生中罕有的幾次我完全不加思索便跟著他人的指示做了，不去想這些習俗是誰定的，為什麼要這樣做，只是好奇老媽怎麼會對這些習俗這麼熟悉，到哪一天自己需要主持家事的一刻自己又怎麼會知道自己該要怎麼做呢。

外婆的臉化了妝，看起來只像是安祥地睡著了。老媽拿了一套孝服給我，叫我換上。

家裡大部份人都回來了，二姨媽一家人已在檳城兩天，小姨媽一家人從杜拜回來，大舅舅的女兒從台灣回來，只有老妹因為人在美國念書太遠，所以沒辦法趕回來。而在澳洲念書的表妹正在準備期末考，基於大家族的精神，如同外公過世時我所受的待遇，老媽要家裡所有人對表妹保密，等她考完試再告訴她。

近年來家裡很少有機會像此時這樣大家齊聚一堂，新年也沒這麼熱鬧。大家傳閱登在報紙上的訃聞，事發時在家裡的人便敘述外婆過世時的情形，說那時外婆躺在家裡客廳她私人專用的沙發上，老媽和舅舅也在客廳，突然外婆就停止了呼吸，沒了脈搏和心跳，老媽和舅舅趕緊就叫了救護車，開始幫外婆做心肺復甦術，但外婆一直都沒有反應，等到兩人都已經沒有力氣再繼續做下去時，大家都已接受外婆已經離開我們的事實。

大家都在討論外婆離開之前好像有些徵兆，老媽說她下班以後本來要去按摩，不知怎麼念頭一轉便取消了行程沒去，直接到外婆家吃晚餐。老媽說外婆不知怎麼，突然叫她去坐在她的身邊，和她說她知道她最近心情不好，沒什麼胃口，但叫她還是要盡量多吃一點，好像外婆知道她自己就要離開人世間似的。而各個姨媽們，也都有自己類似的版本，說在外婆過世後看到一隻蝴蝶飛進來，是外婆的化身，或著在唸經時看到觀世音菩薩顯靈，因為外婆生前虔誠信佛。

當下我並沒多說什麼，但其實外婆過世前一晚，我在台北淡水夢見外婆，夢中的情境是如何我已不大記得清楚，我記得外婆在夢中叫了我的名字。外婆

晚年因為輕微腦中風的緣故，神智雖然清醒，但有些口齒不清，認得出我是誰，但就是叫錯我的名字。

當晚是最後一夜守夜，家裡長輩大都沒有睡，我則因為上班和坐飛機太累，在三房裡睡熟了。

隔天外婆出殯，因為外婆生性節儉，所以喪事一切從簡，沒有很多賓客，沒有很鋪張。出殯前有很多家裡人需要排隊的儀式，負責喪禮的人說了我們就照做，外婆離開家前，老媽和姨媽們圍在外婆身前誦經。

然後我們所有人像一起出遊般，上了一輛大巴士，載著我們到火葬場。坐在巴士的最後一排，感覺自己好像又回到小時候，變得渺小，是這大家庭的一份子，大家開開心心地要一起出去玩，一起去吃東西。直到外婆棺木要被火化的時候，大家原本最多也只是默默流著淚，不知道是誰突然放聲大哭，大家也跟著痛哭流涕起來，喊著外婆。

然後只聽見一道鐵門重重地落下，外婆就這樣消失在鐵門後。其實在當下我覺得很混亂，有些手足無措，但身邊的人不知怎麼都能很自動自發地收拾心情，拭乾眼淚，到隔壁吃白粥，彷彿這只是一個必經的過程。

或許是因為外婆晚年都是大舅舅在照顧的緣故，大舅舅看起來哭得特別傷心，不知怎麼，我很突兀地走到他的身邊，拍了拍他的肩膀，說了聲節哀順變，像個局外人般安慰一個失去母親的兒子。大舅舅說他只是氣自己有時對外婆有一點兇，人照顧一個人久了總是有時會有些脾氣。

回到家時只覺得客廳顯得特別空曠，外公的照片掛在客廳的牆上，怎麼看都覺得照片旁邊空空的，但他們說外婆的照片要等過了一段時間以後才能放上去。

在那一代男人有兩三個老婆是很稀鬆平常的事，但外公只有外婆一個老婆，和老媽姨媽們都是職業婦女不同，外婆是我腦海裡僅有的鮮明傳統家庭婦女形象，總是和顏悅色，會煮菜做家事，會做好吃的糕點，小時候每次外公修理我時一直維護著我說別打了別打了。

外公在人前有時總是會故意對外婆很兇，罵外婆說女人家不懂別亂說這麼多，但又愛趁沒人注意時偷偷地對外婆很好。

家裡的人七嘴八舌地說著外公和外婆從前的事情，然後互相問彼此什麼時候要啟程，回到各自的居住地和生活去。外公和外婆過世後，家裡頭的人全是在馬來西亞出身的第二、第三代，這偌大的房子，也只剩大舅舅一家人住，而

大舅舅的兒子也將在幾個月後到吉隆坡去念書，到時房子裡也就只剩下舅舅和舅媽兩個人。

我沿著樓梯走到兩樓，迎面而來的大房從前是外公和外婆睡的，二房裡頭一直都住著大舅舅一家人，三房在我小時候是四姨媽和小姨媽住的，我們一家人剛從台灣回來時，也曾在裡頭擠過一段時候，靠近廁房的小房在我小時候是小舅舅睡的，他因為值夜班的關係所以白天總是在睡覺。小時候新年時我們會從台灣回來，二姨媽一家人會從新加坡回來，三姨媽一家人在檳城有自己的房子。

外公和外婆的靈位和骨灰葬在檳城的跑馬園，這個他們居住了幾十年的家。外公生前我一直沒有機會問他，在他年輕因為戰亂從中國逃到南洋的時候，他有沒有想過會在南洋住上多久。外公年輕時在中國發生過的事我並不大清楚，外公在中國還有哪些親人，我也一個都不認識。

我完完全全地是一個馬來西亞華人，很多我們這一代的人，或是為了受到更良好的教育，或是為了得到更公平的待遇，帶著不知道什麼時候會回家的心情，離開家鄉，或根本沒有機會在家鄉長大。或許有一天我們的後代，終會擁

有一個屬於他們的、民主的、獨立的、文明的國度。他們會在出生時保有領導國家的資格，他們會受到政府的照顧。

於是，在那之前，縱使分散各地，我們總是記得，在這風雨飄搖的險惡世界裡，我們還有我們的家人，緊緊依偎著，守護著彼此。

創作年表

作文課／二〇〇〇
如果我家住在玉山上／一九九五
藍雨／一九九九
棋子／二〇〇〇
新棋子／二〇〇三
不如不見／二〇〇七
我愛我媽／一九九九
我愛我爸／二〇〇一
我愛我妹／二〇〇八
小姨媽／二〇一〇
大舅舅／二〇一二
看不見的城市／二〇一一

你覺得什麼都沒有改變／二〇一一
車禍／二〇〇七
地震／二〇〇八
兄弟／二〇〇八
外公／二〇一一
不屑／二〇一一
是妳的海／二〇一二
趨光性／二〇一二
左右之間／二〇一二
左派愛情之必要／二〇一二
28／二〇一二
外婆／二〇一三

Do文學2　PG1043

於是

——林韋地散文集

作　　者／林韋地
責任編輯／劉　璞
圖文排版／詹凱倫
封面設計／陳佩蓉

出版策劃／獨立作家
發 行 人／宋政坤
法律顧問／毛國樑　律師
製作發行／秀威資訊科技股份有限公司
地址：114 台北市內湖區瑞光路76巷65號1樓
電話：+886-2-2796-3638　傳真：+886-2-2796-1377
服務信箱：service@showwe.com.tw
展售門市／國家書店【松江門市】
地址：104 台北市中山區松江路209號1樓
電話：+886-2-2518-0207　傳真：+886-2-2518-0778
網路訂購／秀威網路書店：https://store.showwe.tw
國家網路書店：https://www.govbooks.com.tw

出版日期／2013年8月　BOD一版　定價／350元

|獨立|作家|
Independent Author
寫自己的故事，唱自己的歌

於是：林章地散文集 / 林章地著. -- 一版. -- 臺北市：
獨立作家, 2013.08
面； 公分
BOD版
ISBN 978-986-89761-6-0 (平裝)

868.76 102015336

國家圖書館出版品預行編目

讀者回函卡

感謝您購買本書，為提升服務品質，請填妥以下資料，將讀者回函卡直接寄回或傳真本公司，收到您的寶貴意見後，我們會收藏記錄及檢討，謝謝！
如您需要了解本公司最新出版書目、購書優惠或企劃活動，歡迎您上網查詢或下載相關資料：http:// www.showwe.com.tw

您購買的書名：________________________________

出生日期：________年________月________日

學歷：□高中（含）以下　□大專　□研究所（含）以上

職業：□製造業　□金融業　□資訊業　□軍警　□傳播業　□自由業
　　　□服務業　□公務員　□教職　□學生　□家管　□其它____

購書地點：□網路書店　□實體書店　□書展　□郵購　□贈閱　□其他

您從何得知本書的消息？

□網路書店　□實體書店　□網路搜尋　□電子報　□書訊　□雜誌
□傳播媒體　□親友推薦　□網站推薦　□部落格　□其他________

您對本書的評價：（請填代號　1.非常滿意　2.滿意　3.尚可　4.再改進）

封面設計____　版面編排____　內容____　文／譯筆____　價格____

讀完書後您覺得：

□很有收穫　□有收穫　□收穫不多　□沒收穫

對我們的建議：________________________________

____

____

____

請貼
郵票

11466
台北市內湖區瑞光路 76 巷 65 號 1 樓
獨立作家讀者服務部 收

（請沿線對折寄回，謝謝！）

姓　　名：____________ 年齡：______ 性別：□女　□男

郵遞區號：□□□□□

地　　址：____________________

聯絡電話：(日) ____________ (夜) ____________

E-mail：____________________